ポンド氏の逆説

G・K・チェスタトン

温厚で小柄な紳士ポンド氏には、穏当な筋のとおった談話の最中に奇妙な発言をまじえる癖があった。死刑執行延期命令書を携えた兵士が途中で死んだせいで、囚人は解放された。二人の意見が完全に一致したために、片方がもう一人を殺した……など、辻褄の合わないポンド氏の発言が明らかにする、さまざまな事件に隠された、論理的だがあまりにも奇妙な真相。巨匠自らが逆説集と銘打った珠玉の短編集を新訳決定版にて贈る。文豪ボルヘスも驚嘆した「黙示録の三人の騎者」など、全八編を収録する、新訳決定版。

ポンド氏の逆説

G・K・チェスタトン
南　條　竹　則　訳

創元推理文庫

THE PARADOXES OF MR. POND

by

G. K. Chesterton

1936

目次

ポンド氏の逆説

黙示録の三人の騎者

ごくあたりまえの慇懃《いんぎん》な振舞と気の利いた行儀の良さにもかかわらず、ポンド氏が私に与えた奇妙な、時に薄気味の悪い印象は、あるいは何か子供の頃の記憶と、そして彼の名前が漠然と連想させるものに関係があったのかもしれない。彼は政府の役人で、父の昔馴染《なじ》みだったが、私の幼い想像力は、なぜかポンド氏の名前と庭の池《ポンド》とをごっちゃにしていたのだと思う。そういえば、彼は妙に庭のその池に似ていた。ふだんはいとも物静かで、地面や空やあたりまえの陽の光を普通に反射している時は、いわば形も小綺麗で、きらきらと光っていた。しかし、庭のあの池に何か変なところがあるのを私は知っていた。百回に一回、一年のうちに一日か二日、その池は妙にふだんと違って見えた。平らで穏やかな水面を影がサッとよぎったり、光が閃《ひらめ》いたりして、魚や、蛙や、あるいはもっとグロテスクな生き物が空に姿を現わすのだった。私はポンド氏の中にも怪物がいることを知っていた。ほんの束の間表面に浮かび上がって、また沈んでしまう心の中の怪物たちが。それらは彼の穏やかで理性的な発言のさなかに、突拍子《とっぴょうし》もない発言の形をとって現われた。

彼がいとも正常な話をしている真っ際中に、突如発狂したと思う者もあった。しかし、そんな人々でさえも、彼はまた突如正気に戻ったに違いないと認めざるを得なかった。繰り返すが、この馬鹿げた空想が幼い心に定着したのは、おそらくポンド氏自身が時々魚のように見えたからだろう。彼の態度振舞いは丁寧なだけでなく、型通りだった。仕草さえも型通りで、ただ例外と言えば、先のとがった顎鬚《あごひげ》を時折つかんで引っ張る癖だけだったが、そうするのは主に、自分の奇妙で出鱈目《でたらめ》な発言に関して、とうとう真剣にならざるを得なくなった時だった。彼はそんな時、梟《ふくろう》のようにじっと正面を見据えて、鬚を引っ張るのだったが、その結果、口も引っ張られて開《あ》くという可笑《おか》しなことになった――まるで、針金のかわりに鬚がついている人形の口のようだった。時折口を開いたり閉じたりするが何も言わないという、この妙な癖は、魚がゆっくり大口を開いたり、水を呑《の》み込んだりするさまに、驚くほど良く似ていた。しかし、それが二、三秒以上続くことはけってなく、彼はその二、三秒の間に、一体何を言いたかったのか説明するという、有難からぬ計画《もくろみ》を呑み込んでしまったのだと思う。

彼はある日、有名な外交官サー・ヒューバート・ウォットンと静かに話していた。二人は我が家の庭に張った派手な縞模様の天幕、ないし巨大なパラソルの下に腰かけ、私がつむじ曲がりにポンド氏と結びつけたあの池の方をじっと見ていた。たまたま話題に上《のぼ》ったのは、この二人は良く知っているが、西ヨーロッパのほとんどの人が知らないある地域のことだった。ポメラニアとポーランド、ロシアなどにかけて広がる広大な平地で、その果ては沼地や湿地につながり、遠くの方は、たぶんシベリアの砂漠につづいているのだろう。ポンド氏が思い返していたのは、こんなことだった――湿地のもっとも奥深く、池や、流れの鈍《おそ》い川が横切っている地帯を、急な側面となだらかに傾斜した側面を持つ、高い一条《ひとすじ》の土手道が通っている。通常の歩行者にはまず安全な一本道だが、馬に乗って行くとなると、二騎が横に並んで通れるか通れないかの幅《はば》しかない。これが物語の発端《ほったん》である。

そんなに遠い昔ではないが、騎兵が現在《いま》よりもずっと多く使われていた――もっとも、すでに戦士としてより走使《はやづかい》としてであったが――時代のことだ。その地方を荒廃させた――そのような荒地を荒廃させることが可能な限りに於いて――多くの戦争の一つが行われていた時と言えば、十分だろう。戦争の結果、プロシアの制度がポーランド国民に圧《お》しつけられることは不可避だったが、それ以上、ここでこの問題の政治的意味を詳説したり、是非を論じたりする必要はない。もっと気軽に、ポンド氏が謎をかけて、相手を面白がらせたとだけ言っておこう。

「君も憶《おぼ》えているだろう」とポンドは言った。「パウル・ペトロフスキーをめぐる、あの大騒ぎを。クラクフから来た詩人だよ。あの男は当時いささか危険だった二つのことをやった。クラクフから引き移ってポズナニに住むことと、詩人であり、かつ愛国者であろうとすることだ。彼が住んでいた町は、当時プロシア軍に抑えられていた。そこは長い土手道のちょうど東の端に位置していた。プロシア側は当然のことながら、あの湿地の海をただ一つ通っている、橋の橋頭堡《きょうとうほ》を抑えることに気を配っていた。しかし、その作戦本部は土手道の西の端にあって、その名も高いフォン・グロック元帥《げんすい》が総指揮を取っており、たまたま、元帥自身の連隊——今でも彼のお気に入りの連隊だったが——〝白の軽騎兵団〟が、あの盛り土をした大きな道の起点からすぐ近くに駐屯していた。もちろん、この連隊の兵士たちは、素晴らしい白い制服の隈々《すみずみ》まで真新しくピカピカで、燃える焔の色の飾り帯を斜めにかけていた。これは世界中のあらゆる軍服が、一律に泥と土のような色を使うようになる直前だったからだ。そのことをどうこう言うつもりはない。私は昔の紋章の時代の方が、博物学とカメレオンや甲虫《かぶとむし》の崇拝と共にやって来た、保護色の時代より良かったと感ずることがあるがね。ともあれ、プロシア軍のこの精鋭部隊はまだ独自の制服を着ていて、いずれわかるだろうが、それが失敗のもう一つの要因だった。しかし、制服だけではなかった。統一が問題だったんだ。あまりに規律正しかったために、全体が狂ったんだ。グロックの兵隊は彼の命令に忠実すぎた。それで、したいと思ったことができなかったんだ」

「それは逆説のようだな」とウォットンは嘆息《たんそく》をついて言った。「もちろん、さぞかし上手《うま》い思いつきなんだろうが、本当はまったく馬鹿げているんじゃないかね？　たしかに、ドイツ軍は規律がありすぎると一般に言われている。しかし、軍隊に規律がありすぎるなんていうことは、あり得ないよ」

「でも、一般論をしてるんじゃない」ポンドは悲しげに言った。「個別的に、この特定の事件について言ってるんだ。グロックは、兵隊が彼の言うことに従ったために失敗した。もちろん、兵隊の一人が従ったのなら、それほどひどいことにはならなかったろう。だが、兵隊の二人が従った時――本当に、あの爺《じい》さんはどうしようもなかったんだよ」

ウォットンはくっくっと笑った。「新しい軍事理論が聞けて、嬉しいね。連隊の一人の兵士が命令に従うのはかまわない。しかし、二人の兵士が命令に従うのは、プロシア式の規律も少し行きすぎているというわけだね」

「軍事理論なんかないよ。軍事的事実を言ってるんだ」ポンド氏は落ち着いてこたえた。「二人の兵士が命令に従ったために、グロックが失敗《しくじ》ったのは軍事的事実だ。もしも一人が従わなかったら、上手く行ったかもしれないというのは軍事的事実だ。それについて、あとからどんな理論を立てようと勝手だがね」

「私も、理論はあまり得意じゃない」ウォットンはまるで些細《ささい》な侮辱に気を悪くしたかのように、少しぎこちなく言った。

この時、陽が格子縞の影を投げかけている芝生を、大柄なガヘガン大尉が肩で風を切って歩いて来るのが見えた。大尉は小柄なポンド氏とはおよそ不釣り合いな友人であり、礼讃者だった。ボタン穴に燃えるような色の花を挿《さ》し、赤毛の頭に灰色のシルクハットを少し斜《はす》にかぶっていた。肩で風を切る歩き方は、昔の洒落者《しゃれ》や決闘者の時代から出て来たようだったが、本人は割合に若かった。肩幅の広い長軀《ちょうく》が陽の光を背にして、輪郭だけを見せている間は、まるで傲慢の権化《ごんげ》のようだった。ところが、こちらへ来て腰を下ろし、顔に陽があたると、穏やかな鳶色《とびいろ》の眼には、そうしたことをいきなり否定するものがあった。その眼は悲しげに、少し不安そうにさえ見えたのである。

ポンド氏は独り語りをふとやめて、さえずるごとく口早に言訳をした。「いつものことだが、またしゃべりすぎてしまったようだね。じつは、詩人ペトロフスキーの話をしていたんだ。ポズナニで処刑されそうになった詩人だよ――うんと昔のことだがね。その場の軍当局はためらって、フォン・グロック元帥か、あるいはもっと上からの直接の指令がない限り、釈放しようとしていた。しかし、フォン・グロック元帥はどうでも詩人を殺す腹で、まさにその晩、処刑命令を出した。あとになって、彼を救うために執行延期令状が出されたが、令状を運んでいた男が途中で死んだので、結局、囚人は解放された」

「しかし、令状を――」ウォットンが機械的に繰り返した。

「運んでいた男が」ガヘガンが少し皮肉に言い足した。

「途中で死んだので」ウォットンがつぶやいた。

「もちろん、囚人は解放されたわけだ」ガヘガンが大きな明るい声で言った。「すべて、この上なく明快だ。お祖父《じい》ちゃん、お話をまた聞かせておくれよ」

「まったくの実話なんだ」とポンドは言い返した。「私が言う通りのことが起こったんだよ。逆説とか、そんなものじゃない。ただ、もちろん話を知らなければ、どんなに簡単なことかわからないがね」

「そうだね」とガヘガンが相槌を打った。「それがどんなに簡単かを納得するには、まず話を知らないといけないんだろうね」

「話して、梟《けり》をつけてくれたまえ」とウォットンがぶっきら棒に言った。

パウル・ペトロフスキーは、およそ非実際的な人間でありながら、実際的な政治に於《お》いて途方もなく重要な人間の一人だった。彼の強みは、国民詩人だが国際的歌手だという事実にあった。つまり、たまたま力強い美声を持っていて、世界中のコンサート・ホールの半分で自作の愛国的な歌を歌ったのだ。もちろん、自国にあっては革命の希望の灯火《ともしび》であり、喇叭《らっぱ》だった。ことに当時は、実際的な政治家が姿を消してしまい、かれらにまさって実際的であるか、あるいは実際を知らない連中が取って代わるという、一種の国際的危機にあったので、なおさらだった。というのも、真の理想主義者と現実の現実主義者は、少なくとも行動を愛するという点で共通しているからだ。実際的な政治家は、いかなる行動に対しても、実際的な異議を唱えることによって成功する。理想主義者がすることは実現不可能かもしれないし、行動の人がすることは無節操かもしれない。しかし、どちらの稼業に於いても、人間は何もしないで名声を得ることはできない。奇妙なことに、この両極端に立つ二種類の人間が、湿地帯を通っているただ一本の土手道の両端にいたのである――ポーランド人の詩人は囚人として一方の町におり、プロシア人の軍人は司令官として、もう一方の駐屯地にいた。

というのも、フォン・グロック元帥は生粋《きっすい》のプロシア人で、完全な実際家であるだけでなく、完全に散文的な男だった。詩などは一行も読んだことがなかったが、馬鹿ではなかった。軍人特有の現実感覚を持っており、それ故に、実際的な政治家の愚かな誤りに陥ることがなかった。彼は幻想とか天啓を侮《あなど》りはしなかった。ただ、それを憎んだ。詩人や預言者が軍隊のように危険であり得ることを知っていた。だから、あの詩人は死なねばならぬと固く思っていた。それは彼が詩というものに表した唯一の敬意であり、心からの敬意だった。

元帥はその時、天幕の中で机に向かっていた。ふだん人前でかぶるスパイクつきの兜《かぶと》は目の前に置いてあり、大きな頭は丸禿《まるはげ》に見えたが、じつは、きれいに髪を剃《そ》っているだけだった。顔も全体に剃っていて、その顔を蔽《おお》うものは度の強い眼鏡だけだったが、重々しい、たるんだ面貌《めんぼう》に、それだけが謎めいた表情を与えていた。彼は傍らに立つ中尉の方をふり返った。中尉は髪の毛の色が薄く、顔がプディングに似た種類のドイツ人で、青い真ん丸な目をぽかんと見開いていた。

「フォン・ホッホハイマー中尉」と元帥は言った。「殿下が今夜、陣地に到着されると言ったな?」

「七時四十五分であります。元帥閣下」そうこたえた中尉は、しゃべるという新しい芸を稽古中の大きい獣のように、口を利くのが億劫《おっくう》な様子だった。

「それなら、時間は何とかある」とグロックは言った。「君は殿下がお着きになる前に、処刑命令を持って行くのだ。我々はあらゆる形で殿下にお仕えしなければならんが、ことに無用の手間を省いてさし上げることが肝要だ。殿下は部隊を閲兵《えっぺい》するだけでお忙しいだろう。何もかもお心のままになるように取りはからえ。殿下は一時間経ったら、次の前哨部隊へ向かってお発《た》ちになる」

大男の中尉は幾分生き返ったようで、微《かす》かに敬礼した。「もちろんです、元帥閣下、我々はみな殿下に従わなければなりません」

「我々はみな殿下に御奉仕しなければならん、と言ったのだ」と元帥は言った。

彼はふだんよりも素早く手を動かして、重い眼鏡を外《はず》し、机の上にカタンと置いた。もしも中尉の水色の眼にそういうものが見えたなら、また見えたとして、これ以上大きく開くことができたなら、その仕草によって生じた元帥の様変わりに、十分眼を見開いたことだろう。それは鉄の仮面を取ったようだった。一瞬前のフォン・グロック元帥は、鞣《なめ》したような頬や顎の肉が重い襞《ひだ》をなして、異常に犀《さい》そっくりに見えた。今の彼は新種の怪物、鷲《わし》の眼をした犀だった。年老いた眼の放つ寒々しい光を見れば、誰でもたいていわかっただろう――この男の内には、何か鈍重なだけではないものがある――少なくとも、鉄だけでなく鋼《はがね》でできている部分がある、と。というのも、人間はみな一つの精神によって生きているからである――たとえそれが邪悪な精神であろうと、また尋常のキリスト教徒には奇妙すぎて、善良なのか邪悪なのか見分けがつかないものであろうと。

「我々はみな殿下に御奉仕しなければならん、と言ったのだ」グロックは繰り返した。「もっとわかりやすく言おう。我々はみな殿下をお救いしなければならんと言おう。我々の国王は我々の神々であられるだけで十分ではないか？　奉仕され、救われるだけで十分ではないか？　奉仕し、救わなければならないのは我々なのだ」

フォン・グロック元帥はめったに話さなかったし、理論的な人々が思索と見なすようなやり方では、考えることさえなかった。そして一般に言えることだが、彼のような人間がたまたま声に出してものを考える時は、人間よりも犬に話しかけることをずっと好むのである。犬の前で長々しい単語や、混み入った議論を用いることに、ある種の偉《えら》ぶった喜びさえ感じるのだ。フォン・ホッホハイマー中尉を犬にたとえるのは不当だろう。それでは犬に申しわけない。犬はもっとずっと鋭敏で油断のない生き物だから。グロックは、珍しく思索に耽《ふけ》っていたこの時、雌牛かキャベツの前で声に出してものを考えるような慰めと安心を得たと言った方が、真実に近いだろう。

「我々の王家の歴史に於いては、幾度《いくたび》となく、僕《しもべ》が主人を救って来た」とグロックは語りつづけた。「そして、しばしば蹴とばされる以外に何の褒美《ほうび》ももらえなかった。少なくとも、外の世界からはな。外国の連中はいつでも成功者と強者に対して、メソメソと感傷的に不平を言うのだ。だが、ともかく我々は成功したし、強かった。連中はビスマルクがエムス電報*1の件で主君さえ欺《あざむ》いたといって罵《ののし》ったが、それが主人を世界の主人にしたのだ。パリは奪われ、オーストリアは王者の座を逐《お》われたが、我々は安泰だった。パウル・ペトロフスキーは今夜死に、我々はふたたび安泰となるだろう。だから、君に奴の死刑執行令状を今すぐ持って行ってもらう。君はペトロフスキーの即時処刑の命令を携え——命令が実行されるのを見とどけねばならん。わかっているな?」

ホッホハイマーは何かもぐもぐと言って、敬礼した。話は彼にも良く理解できた。それに彼には、結局のところ、多少犬の性質があった。ブルドッグのように勇敢で、死んでも主人に忠誠を尽くした。

「今すぐ馬に乗って行け」とグロックは言葉をつづけた。「どんなことがあっても遅れず、邪魔されないようにしろ。わしは事実として知っているが、愚か者のアルンハイムは、何

＊1　一八七〇年、プロシアの宰相ビスマルクは、温泉場バート・エムスで保養中の国王から受けとった電報の文面を編集して公表し、これを機に普仏戦争が勃発した。

も言伝《ことづて》が来なければ、今夜中にペトロフスキーを解放しようとしておる。大急ぎで行け」

中尉はふたたび敬礼すると、夜の闇の中へ出て行った。そして、輝かしい軍団の輝かしさの一部である立派な白い軍馬に跨《また》がり、高くて狭い道を進みはじめた。その道はほとんど城壁の天辺のようで、暗い地平線と、広大な湿地帯のおぼろな濃淡の模様と朽ちゆく色彩とを見下ろしていた。

土手道を行く馬の蹄《ひづめ》の音が最後の反響まで鳴りやんだ頃、フォン・グロックは立ち上がって兜をかぶり、眼鏡をかけて、天幕の入口へ来たが、それはべつの理由からだった。配下の主立った将校たちが正装して、すでにこちらへ近づいており、もっと遠くの隊列に沿って、儀礼的な挨拶の声と命令を叫ぶ声がした。皇太子殿下が到着したのだ。

皇太子殿下はまわりにいる男たちと、少なくとも外見上はいささかの対照をなしていた。いや、外見だけではなく、彼の世界に於ける一個の例外だった。やはりスパイクつきの兜をかぶっていたが、それはべつの連隊のもので、黒いが青い鋼の光があった。髭をきれいに剃ったプロシア人たちの中で、その兜と長くて黒い、流れるような顎鬚との組み合わせには、不釣り合いなところもあったが、想像をめぐらしてこれを見れば、古風な形で似つかわしいところもあった。あたかもその長くて黒い、流れるような顎鬚と合わせるかのように、長くて黒い、流れるような外套《がいとう》を着ており、外套は青く、目眩《まばゆ》い大勲位の星章がついていた。青い外套の下には黒い制服を着ていた。ドイツ人である点では人後におちなかったが、随分異なるタイプのドイツ人で、高慢な、しかし、どこか超然とした顔に見られる何かが、彼が人生で真に夢中になっているのは音楽だけだという伝説と一致していた。

実際、不満でならぬグロックは、そのよそよそしい奇矯《ききよう》さと、彼にとってはじつに苛立《いらだ》たしく憤《いきどお》ろしい皇太子の振舞いとを結びつけて考えたくなった。皇太子はこの国の軍隊の作法に従って、すでに迷路のごとき行列を整えている部隊をただちに閲兵し、歓迎を受けるべきだったのに、それをせず、グロックが一番触れてもらいたくない話題を、すぐに持ち出したのだった――すなわち、あの忌々《いまいま》しいポーランド人、その人気と危険さという話題である。なぜなら、皇太子はヨーロッパの歌劇場の半分で、この男の歌を聞いていたからだ。

「あのような男を処刑するなどと口にするのも、狂気の沙汰だ」皇太子は黒い兜の下で顔をしかめて、言った。「彼はただのポーランド人ではない。ヨーロッパの名物男だ。我々の同盟国に、我々の味方に、我々の同胞ドイツ人にさえ悼《いた》まれ、神格化されるだろう。君はオルフェウスを殺した気狂い女どもになりたいのかね？」

「殿下」と元帥は言った。「彼は悼まれるでしょうが、死んでいるでしょう。神格化されるでしょうが、死んでいるでしょう。彼が何をするつもりであれ、けしてそれをしないでしょう。彼が何をしているのであれ、これ以上することはないでしょう。死はあらゆる事実のうちで最大の事実です。そして私はどちらかというと、事実が好きなのであります」

「世界のことを何も知らないのか？」と皇太子がたずねた。

「世界のことなどかまいません」とグロックは答えた。「祖国の国境にある黒と白の標柱より向こうのことは」

「何たることだ」と殿下は叫んだ。「君はワイマールと喧嘩をしたために、ゲーテを絞首刑にしかねんな！」

「王家の安泰のためとあらば」とグロックは答えた。「一瞬の躊躇《ちゅうちょ》もいたしません」

短い沈黙があり、やがて皇太子は鋭く唐突に言った。「それはどういう意味だ？」

「一瞬の躊躇もしなかったということです」元帥は平然と答えた。「すでに、ペトロフスキー処刑の命令を私が出しました」

皇太子は黒い大鷲のように立ち上がった。外套の翻《ひるがえ》るさまは大いなる翼があたりを払うようで、ただの言葉を超えた怒りが彼を行動の人にしたことを、その場にいた誰もが悟った。皇太子はフォン・グロックに話しかけもせず、その向こうにいる副司令官フォン・フォグレン将軍に大声で呼びかけた。将軍は頭の四角いずんぐりした男で、石のように身じろぎもせず、うしろに控えていた。

「将軍、君の騎兵師団で一番良い馬を持っているのは、誰かね？　一番の乗り手は誰だね？」

「アーノルト・フォン・シャハトは競走馬にも負けないほどの馬を持っております」将軍は即答した。「そして専門の騎手と同じくらい、乗馬が達者です。〝白の軽騎兵団〟の者であります」

「よろしい」皇太子はやはり怒りを含んだ声で言った。「その者をただちに出発させよ。この狂った言伝を携えた男を追いかけて、止めるのだ。私が権限を与える。著名な元帥も異議は唱えないと思う。ペンとインクを持って来い」

彼は外套を振り払って腰かけ、筆記道具が運ばれて来ると、他のすべての命令に優先する命令を、しっかりと、仰々しい身ぶりで書いた。ポーランド人ペトロフスキーの刑の執行を中止し、放免せよという命令だった。

それから、死んだような沈黙のさなかで——グロック老は先史時代の石の偶像のように、目ばたきもせず目を丸くして立っていたが——皇太子はマントとサーベルを引き摺《ず》り、部屋を出て行った。殿下の不興があまりに激しいため、軍団の正式な閲兵のことを言い出す者はいなかった。しかし、アーノルト・フォン・シャハトは踵《かかと》を鳴らし、皇太子から巻紙を受けとった。活発な巻毛の青年で、青年というより少年のように見えたが、〝軽騎兵団〟の白い制服には勲章がいくつもついていた。大股に歩いて出て行くと、馬にとび乗り、高く狭い路を銀の矢か流れ星のように飛んで行った。

老元帥はゆっくりと落ち着いて自分の天幕に戻り、ゆっくりと落ち着いてスパイクつきの兜と眼鏡を取って、目の前の机に置いた。それから、天幕のすぐ外にいる当番兵に呼びかけ、〝白の軽騎兵団〟のシュワルツ軍曹を今すぐ連れて来るように命じた。

一分後、元帥の前に現われたのは、痩せているが屈強な男で、顎に大きな傷があり、ドイツ人にしては少し肌の色が浅黒かったけれども、長年戦場の煙や嵐や悪天候にさらされて、色が変わってしまったのかもしれなかった。敬礼し、気をつけの姿勢で立っていたが、その間に元帥はゆっくりと目を上げて、相手を見た。将軍たちを配下に置くこの帝国陸軍元帥と、酷使された一介の下士官との間には巨きな隔《へだ》たりがあったが、この物語の中で口を利いたすべての人間のうち、この二人だけがお互いを見ただけで、言葉を使わずに理解《わか》り合ったことは本当である。

「軍曹」元帥はぶっきら棒に言った。「わしは以前、君に二度会ったことがある。一度は、たしか君がカービン銃の射撃で、全軍の優勝者となった時だった」

軍曹は敬礼し、何も言わなかった。

「その次は」とフォン・グロックは言葉をつづけた。「伏兵に関する情報を与えようとしなかった糞婆《くそばば》あを撃ったかどで、君が尋問を受けた時だ。あの事件は当時、大分とやかく言われた。仲間内からもだ。しかし、君を庇《かば》う者があった。私が庇ったのだ」

軍曹はまた敬礼したが、やはり無言だった。元帥は煮えきらない、しかし妙にあけすけな調子で語りつづけた。

「皇太子殿下は、御自身と祖国の安全にとってきわめて重要な点で、誤った情報を伝えられ、騙《だま》されておいでになる。その誤りによって、軽はずみにも、今夜処刑される予定のポーランド人ペトロフスキーの死刑執行延期令状をお出しになった。もう一度言う。奴は今夜処刑される予定なのだ。君は令状を持って行ったフォン・シャハトを今すぐ追って、止めねばならん」

「とても追いつけるとは思えません。元帥閣下」とシュワルツ軍曹は言った。「彼は連隊一駿足の馬に乗っていますし、じつに優れた騎手なのです」

「追いつけとは言っておらん。止めろと言ったのだ」グロックはそう言ってから、もっとゆっくりと話した。「人間はしばしば、さまざまな合図によって止められたり、呼び戻されたりする。叫び声とか、銃声とかな」彼の声はいっそう重々しく引き摺ったが、途切れることはなかった。「カービン銃を発砲すれば、注意を惹くことができるかもしれん」

するど、色の浅黒い軍曹は三度目の敬礼をして、気味悪くニヤッと微笑《わら》ったその口は、またきつく閉じられた。

「世界を変えるのは」とグロックは言った。「人の言葉や、非難や賞讃ではなく、行動なのだ。何かをすれば、世界はけっして元通りにはならん。今しなければならないのは、一人の男を殺すことだ」彼は突然、輝く鋼の眼をキラリと光らせて相手を見ると、こう言い足した。「もちろん、ペトロフスキーのことを言っておるのだ」

すると、シュワルツ軍曹はいっそう薄気味悪くニヤッと微笑った。彼も天幕の垂れを上げて外の暗闇に出ると、自分の馬に跨って、走り去った。

馬で発《た》った三人のうちで最後のこの男は、最初の男と較べても、想像のために想像に耽るようなことはしそうにない人間だった。しかし、彼も不完全ながら人間だったので、こんな夜、こんな使いに立たされては、非人間的な風景の重苦しさを感じずにはいられなかった。ただ一つ唐突に架かっている橋を馬で渡る間、まわり中に、海より一万倍も非人間的なものが果てしなく広がっていた。人はそこで泳ぐこともできなければ、小舟を浮かべることも、人間的ないかなることもできなかったからである。人はただそこに沈む――ほとんど藻掻《もが》きもせずに沈むことしかできなかった。何か固体でも液体でもなく、いかなる形態を取ることもできない、原初の軟泥《どろ》の存在を軍曹は漠然と感じた。それがあらゆるものの形態の背後にあることを感じたのだ。

北ドイツの何千何万という退屈で利口な人間のように、彼は無神論者だったが、人間の進歩のうちに地球の自然な成長を見ることのできる、幸福な異教徒ではなかった。彼の前にある世界は、緑の草木や生き物が進化し、発展して実を結ぶ野原ではなかった。あらゆる生き物が、底なしの穴に沈むように、永遠に沈む深淵《ふち》にすぎなかった。そして、その考えは、かくも厭《いと》わしい世界で自分が果たさねばならない、あらゆる奇妙な義務に対して、彼の心を鈍感にした。上から眺めるとだらしなく広がる地図のように見えた、平べったい草木の灰緑色のしみは、発展よりも病気の図のように思われたし、陸地に閉じ込められた池は、水ではなく毒かもしれなかった。彼は池に毒を撒《ま》くことについて、人道主義者がくだらない騒ぎを起こしたのを思い出した。

しかし、こうした軍曹の思索は、ふだん思索的でない人間の思索がたいていそうであるように、彼の神経と実際的な知性にのしかかる潜在意識的な緊張に根ざしていた。じつを言うと、彼の前にあるまっすぐな道は荒涼としているだけではなく、無限に延びているように思われたのだ。これほど遠くまで馬に乗って来たのに、追っている男の姿が遠目にも見えないのは信じられないことのような気がした。それほど先へ行ってしまったとは、フォン・シャハトは本当に恐ろしく速い馬を持っているに違いない。いかに急いで走り出したにせよ、彼が出発してから、さほどの時は経っていなかったからだ。シュワルツが自分でも言ったように、追いつけるとは思わなかったが、あれこれの現実的な距離感覚からして、もうすぐ見えてくるはずだった。やがて、絶望が襲いかかって、寂しい風景の上に漠然と拡がりはじめたその時、やっと相手の姿が目に入った。

白い点が前方遠くにポツリと現われて、ゆっくりと少しずつ大きくなり、無我夢中で馬を駆る白い人影のようなものになった。それがそんなに大きくなったのは、シュワルツ自身も無我夢中で速度を上げたからだったが、その大きさでも、白い制服に薄いオレンジ色の縞が入っているのは見分けられた。それが〝軽騎兵団〟のしるしだったのだ。全軍の射撃大会で賞を獲った男は、それより小さい標的の白点を狙って命中させたこともあった。

彼はカービン銃を背負革から外した。不自然な轟音《ごうおん》の衝撃が、静寂な湿地の数マイル四方にわたって、あらゆる野鳥を驚かした。だが、シュワルツ軍曹はそんなことを気にしなかった。彼の関心を惹いたのは、それほど遠く離れているのに、まっすぐな白い人影がねじ曲がり、形が変わって、突然奇形になったかのように見えたことだった。その男はせむしのように鞍におおいかぶさっていて、たしかな目と長い経験を持つシュワルツは、犠牲者が身体を撃ち抜かれたことを確信し、心臓を撃ち抜かれたことをほぼ確信した。それから、第二撃で馬を撃ち倒すと、人馬とも横に傾《かし》いで、滑り、転び、一つの白い閃きとなって、下方の暗い沼沢地に消えて行った。

しっかりした軍曹は、たしかに仕事をやり遂げたと思った。彼のようにしっかりした人間は、たいがい物事を几帳面にやるが、それ故に、しばしば大間違いをするのである。彼は軍隊というものの魂である戦友の絆《きずな》を踏みにじった。任務を遂行中の勇敢な軍人を殺した。主君を騙し、侮り、私怨《しえん》という言訳も立たない、ありふれた殺人を犯した。しかし、彼は上官に従い、ポーランド人を殺す手助けをしたのだった。今はこの最後の二つの事実が彼の心を占めていて、軍曹は考えをめぐらしながらフォン・グロック元帥のもとへ報告に戻った。仕事を徹底してやり遂げたことには、疑いを持っていなかった。執行延期令状を持っていた男はたしかに死んだのだ。たとえ、何かの奇蹟でまだ息があったとしても、死んだか死にかけている馬に乗って町へ行き、手遅れにならぬうちに処刑を止めることなど、できるはずがない。そうだ。全体として彼の庇護者、この無謀な企ての張本人の保護下に戻った方が、ずっと実際的で賢明だった。彼は全力で偉大な元帥の力に縋《すが》った。

偉大な元帥には、本当に、こういう偉大なところがあった——非道なことをやったあと、または人にやらせたあと、現場で事実と直面したり、手先と連絡を保って疑いを招いたりするのを恐れるそぶりも見せなかったのである。実際、彼と軍曹は一時間ほど経つと、二人で土手道を騎行した。やがて、ある場所に来ると、元帥は馬を下りたが、軍曹には先へ行けと命じた。騎者たちが行くはずだった目的地に軍曹を行かせて、処刑のあと町中《まちなか》が平穏であるか、それとも民衆が憤って危険が残っているか、様子を見させるためだった。

「それでは、ここなのですか、元帥閣下？」軍曹は低い声でたずねた。「もっと先かと思いましたが。しかし、このろくでもない路が、悪夢のように長く延びてゆくようだったのは事実です」

「ここだ」とグロックはこたえて、鞍と鐙《あぶみ》からどさりととび下り、それから長い欄干《らんかん》の端に寄って、下を見下ろした。

月が湿地の上にのぼり、空高く上がるにつれて輝きを増し、暗い水と緑の浮滓《うきかす》の上に光っていた。土手の斜面の下には、近くの葦《あし》の茂みに、明るく光る廃墟にでも横たわるように、元帥の手兵である旅団の素晴らしい白馬と白服の騎兵の残骸が横たわっていた。それが誰かは疑いの余地がなかった。第二の騎者であり、令状を携えていたアーノルト青年の金色の巻毛が、月光を浴びて光輪のようだったし、同じ神秘的な月光が、飾り帯とボタンだけでなく、この若い兵士が特別にもらった勲章や、階級を示す袖章《そでしょう》の縞と印の上にもきらめいていた。かくも魅惑的な光の帷《とばり》に被われて、彼はサー・ガラハッド[*2]の白い鎧《よろい》をまとっているかのようだったし、下に落ちている優雅な若者と、上から見下ろす岩のようにごつごつしたグロテスクな姿との対照ほどおそろしい対照はなかっただろう。グロックはまた兜を脱いでいた。弔意《ちょうい》を示す作法の影のようなものだったのかもしれないが、目に見える効果としては、厚皮動物のそれにも似た異様な剝《む》き出しの頭と頸《くび》が、石器時代の怪物の毛のない頭と頸のように、月影の中で石のように光っているだけだった。ロップス[*3]か誰か凶々《まがまが》しい幻想的なドイツの画派の銅板画家が、そんな絵を描きそうだった。甲虫《かぶとむし》のように非人間的な巨獣が、打ち負かされた智天使の代表の折れた翼と、白と金色の鎧を見下ろしている図だ。

　グロックは祈りもせず、同情の言葉も言わなかったが、暗々裡《あんあんり》に心を動かされていた——暗い大きな沼も、時には生き物のように動くのと同じである。そして、そのような人間が、正体のわからぬものの前で初めて身を守る必要を微かに感じた時、そうするであろうように、自分の唯一の信念を組織立てて、厳酷な宇宙とこちらを見つめる月にそれを対《たい》峙《じ》させようとした。

「行為のあとも先も、〝ドイツの意志〟は変わらない。やったことを後悔するほかの連中の意志とは違って、変化や時間によって壊されることはない。石でつくったもののように時間の外に立ち、同じ顔で前方と後方を向いているのだ」

そのあとには沈黙が長くつづき、一種の予感によって、彼の冷たい虚栄心を悦《よろこ》ばせた。沈黙の谷で石像がしゃべったかのようだった。しかし、その沈黙は遠くのささやきによってふたたび震えはじめた。微かな馬の足音が聞こえて来たのだ。一瞬後、軍曹が馬を疾駆《しっく》させて、というより競走でもするようにして、盛り上げた道路を戻って来た。傷のある黒ずんだその顔は、月光の中で、もはや不気味を通り越し、幽霊のようだった。

「元帥閣下」軍曹は妙にぎこちなく敬礼して、言った。「ポーランド人ペトロフスキーを見ました！」

「まだ埋葬していないのか？」元帥はなおも下を見つめながら、少し上《うわ》の空でたずねた。

「埋葬したのだとすれば」とシュワルツは言った。「奴は墓石を押し倒して、死者の国か

＊2　アーサー王伝説の円卓の騎士の一人。もっとも純潔な騎士で、聖杯を見ることができた。
＊3　フェリシアン・ロップス（一八三三―九八）。ベルギーの画家。

ら蘇《よみがえ》ったのです」

軍曹は前方の月と湿地を見つめていたが、幻を見るような性格とは程遠いのに、彼に見えていたのはそうした景色ではなく、ついさっき見たものだった。実際、彼はパウル・ペトロフスキーがピンピンして、煌々《こうこう》たる明かりに照らされたポーランドの町の目抜き通りを、土手道のとっつきまで歩いて来るのを見たのだった。鳥の羽毛のような髪の毛といい、フランス風の顎鬚といい、ほっそりしたその姿は、たくさんの写真帳や絵入り雑誌に見た通りで、間違えようもなかった。そのうしろには、あのポーランドの町が、旗と松明《たいまつ》で燃え輝き、勝ち誇った群衆が英雄崇拝の熱狂に沸きかえっていた。もっとも、群衆は政府にさほどの敵意を持ってはいなかったかもしれない。人気者の英雄が釈放されて、喜んでいたからだ。

「君が言いたいのは」グロックは急にしわがれた甲高《かんだか》い声になって、怒鳴った。「わしの言伝を無視して、あいつを釈放したということなのか？」

シュワルツはまた敬礼して、言った。

「もうすでに釈放していたのです。それに、言伝はとどいておりません」

「ああいうことがあったというのに」とグロックは言った。「陣地から使者が誰も来なかったと信じろというのか？」

「使者は誰も来なかったのです」と軍曹は言った。

さいぜんの沈黙よりもずっと長い沈黙があり、やがてグロックがしゃがれ声で言った。

「一体、何が起こったんだ？　説明のつくことを思いつかんか？」

「私はあるものを見ました」と軍曹は言った。「それで一切の説明がつくと思います」

ポンド氏はここまで話すと、ふと口を閉ざして、人を苛々《いらいら》させるポカンとした表情をした。

「ねえ」ガヘガンがじれったそうに言った。「それで、君は説明になることを何か知っているのかい？」

「うむ、知っているつもりだよ」ポンド氏はおとなしく言った。「じつは、この話が私の局へ伝わって来た時、自分で答を考え出さなきゃならなかったのでね。あれは本当に、プロシア式の服従が度を超していたために起こったんだ。それにプロシア人のもう一つの弱点――軽蔑――が度を超していたからでもある。人間を盲目にし、狂わせ、判断を誤らせるすべての感情の中でも、一番性質《たち》の悪いものは一番冷たいもの、軽蔑なのだよ。

グロックは雌牛の前で愉快におしゃべりをしすぎ、キャベツの前で本心を打ち明けすぎた。自分の部下であっても愚かな人間を軽蔑《みくだ》し、第一の使者フォン・ホッホハイマーを、馬鹿のように見えるというだけで、机や椅子同然に扱った。しかし、中尉は見かけほど馬鹿ではなかった。一生涯そういう汚い仕事をして来た皮肉屋の軍曹と同じくらい、偉大な元帥の意図を理解していた。ホッホハイマーは元帥独特の道徳哲学も理解していた。つまり、何かをやってしまえば、その行為に弁明の余地がなくとも、相手はぐうの音《ね》も出ないということだ。司令官が欲しがっているのはペトロフスキーの死体だけだということを――皇太子を騙そうが、兵士を殺そうが、ともかくそれが欲しいのだということを知っていた。そして、背後から自分よりも速い騎者が追いつこうとして迫って来る音を聞いた時、この新たな使者は皇太子の恩赦の報せを携えていることを、グロック本人と同じくらい良く承知していた。この物語ではあまりにもないがしろにされているが、ドイツにももっと寛大な伝統がある。若いが勇敢な軍人フォン・シャハトは、その伝統の化身のように見えて、寛大な政策の先触れとなるにふさわしい男だった。彼はヨーロッパで行く先々に騎士道の名を残した見事な馬術の腕前を揮《ふる》って、ぐんぐん近づいてくると、伝令の喇叭のような口調で、『止まれ、停止して、ふり返れ』と相手に呼びかけた。フォン・ホッホハイマーは言うことに従った。止まって、手綱を引き、馬上でふり返った。しかし、その手はピストルのようにカービン銃の狙いをつけて、若者の眉間《みけん》を撃った。

それから、またふり返り、ポーランド人の死刑執行令状を持って先へ進んだ。背後では、馬も人も土手の端から大きな音を立てて転がり落ち、路はすっかり空《から》っぽになった。その空っぽに開《あ》いた路を、今度は第三の使者が骨折って走って来たんだ――道のりが果てしなく遠いのに驚きながら。しまいに、見間違えようもない軽騎兵の制服が白い星のように遠ざかってゆくのが見えたから、銃で撃った。ただし、第二の使者ではなく、第一の使者を殺したんだ。

　これが、その夜、ポーランドの町に使者が来なかった理由だよ。囚人が生きて牢獄から出て来た理由だ。フォン・グロックには二人の忠実な僕《しもべ》がいて、一人余分だったと私が言ったのは、間違っていると思うかね？」

ガヘガン大尉の罪

ポンド氏のことを退屈なおしゃべり屋だと思っている人々がいたことは、認めざるを得ない。彼には長話が好きという欠点があったが、それは尊大さの故ではなく、古風な文学趣味を持っていて、無意識のうちにギボン[*1]やバトラー[*2]やバーク[*3]の癖を受け継いでいるからだった。彼の逆説すらも、いわゆる才気《さいき》煥発《かんぱつ》な逆説ではなかった。この才気煥発という言葉は、もう大分以前から批評のもっとも恐るべき武器となっているが、才気煥発だといってポンド氏を凹《へこ》ませたり、しぼませたりすることはできなかった。されば、今から考えようとする事件に於《お》いて、ポンド氏が（遺憾ながら女性の多くに——少なくとも、そのもっ

＊1　エドワード・ギボン（一七三七—九四）。英国の歴史家。『ローマ帝国衰亡史』の著者。
＊2　サミュエル・バトラー（一六一二—八〇）。英国の詩人。『ヒューディブラス』などで知られる。
＊3　エドマンド・バーク（一七二九—九七）。英国の政治家・作家。

とも現代的《モダン》な面に——関して)「速く行きすぎて、少しも先へ進まないのです」と言った時も、警句のつもりで言ったのではなかった。それに、どういうわけか、その言葉は警句らしく聞こえず、奇妙で曖昧なだけだった。そして彼がそれを言った相手の御婦人方、とりわけ、やんごとないヴァイオレット・ヴァーニー嬢には何の意味かわからなかった。ポンド氏は、退屈なおしゃべりをしない時は人を面食らわせるだけなのだ、と御婦人方は思った。

ともあれ、たしかにポンド氏は時々長話に耽《ふけ》った。だから、誰であれポンド氏の長話を上手く止められた者は、勝利と大いなる栄光を手にするのであり、この栄冠は、ペンシルヴァニア州ペンタポリスのアルテミス・エイサ＝スミス嬢の額にかかって然《しか》るべきである。彼女は「生ける電信《ライヴ・ワイアー》」紙の記者として、〝ハギス事件〟に関してポンド氏が抱いているという見解を訊きに、会いに来たのだった。そして、彼に一言《ひとこと》も横から口を挟ませなかった。

「あなたの新聞は」ポンド氏は少し神経質に話しはじめた。「人によっては〝私的制裁〟と呼び、私が殺人と呼ぶものについてお調べになっているかと思いますが、しかし——」

「そのことは忘れてください」若い御婦人はそっけなく言った。「ここにこうして貴国《おくに》の政府のあらゆる秘密を知っていらっしゃる方のお隣に坐っていられるのが、嬉しくて仕方ないんです。だって——」彼女は独り語りをつづけたが、点やダッシュでぶつ切りにされたしゃべり方だった。ポンド氏に言葉を遮《さえぎ》らせないので、自分で自分の言葉を遮るのが公平だと思っているようだった。どういうわけか、彼女の話はけして終わらないようだったが、それと同時に、たった一つの文章も、ちゃんと終わらないようだった。

家庭の秘密を暴《あば》き立て、寝室の扉を破り、押込み強盗さながらのやり方で情報を集めるアメリカの会見記者たちのことは、我々誰しも耳にしている。そういう連中もいるが、そうでない人もいるのである。筆者の記憶では、知的な事柄を論じるのを厭《いと》わない知的な記者が大勢いる——あるいはいたし、それにエイサ＝スミス嬢がいたのだ。彼女は小柄で色が浅黒かった。どちらかといえば可愛い方で、口紅を地震と日蝕の色にしなかったら、まことに可愛らしかっただろう。指の爪は五つの色に塗り分けて、子供の絵具箱の絵具のようだったし、子供のように無邪気だった。子供のようにおしゃべりでもあった。ポンド氏に何か父親のようなものを感じて、何でも話した。彼は何も言う必要がなかった。ポンド家の隠された悲劇も、ポンド氏の寝室の扉の向こうで犯された犯罪の秘密も、掘り返されることはなかった。会話は、これを会話と呼べるならば、ペンシルヴァニアで過ごした彼女の幼年時代、彼女の最初の野心と理想を中心にして進んだ。ちなみに、彼女はこの二つを同じものと想像しているらしかったが、それも地元の伝統であった。彼女は女権論者《フェミニスト》であり、エイダ・P・テューク女史を支持して、クラブや、酒場《サルーン》や、男の手前勝手を攻撃した。劇を書いたことがあり、それを今ポンド氏に読んで聞かせたがっていた。

「〝私的制裁〟の問題について言うなら」とポンド氏は丁寧に言った。「誰しも切羽《せっぱ》詰まった時は、誘惑に駆られたことがあるでしょうが――」

「ええ、私もこの劇を読んでさし上げたくて、切羽詰まっているの。そして――どんなだかおわかりでしょ。あのね、私の劇はすごく現代的なんです。でも、一番現代的な人たちでも、こんなことはやってません――私が言うのは、水の中で始まって、それから――」

「水の中で始まる？」とポンド氏はたずねた。

「ええ、これって少し――ねえ、おわかりでしょ。そのうち、劇の登場人物はみんな水着を着るようになると思うんですけど――でも、やっぱり上手《かみて》か下手《しもて》から入って来るだけですわ。つまり、横から登場するっていうこと――そういう古臭いやり方よ。私の登場人物は上から入って来るのよ。飛び込んで、水しぶきを立てて――ねっ、それって評判になるじゃありません？　つまりね、こんなふうに始まるんです」彼女はたいそう早口に読みはじめた。

「場所、リド島の海。
トム・トクシンの声（上から）『見ておいで、水しぶきを立てるからね。もし――』
（トクシンは黄緑色の水着を着て、上から舞台に飛び込む）
公爵夫人の声（上から）『あなたの水しぶきって、それっぽっちなのね。あなたは――』（公爵夫人、緋色の水着を着て、上から飛び込む）

トクシン（咳込んでしゃべりながら近づいて来る）『ぺっぺっ……ザンブリというのだけが水しぶきなんですね、あなたに言わせると――』
公爵夫人『まあ、おじいちゃんなのね！』」

「彼女が〝おじいちゃん〟と言うのはね、『ザンブリ』という言葉は、古い古いコミック・ソングでお金《かね》を意味するからなんです――もちろん、二人はまだ若くて、どちらかというと――おわかりでしょ。でも――」

ポンド氏は気を遣《つか》いながら、しかし決然と言葉を挟んだ。「エイサ＝スミスさん、その原稿は私にお借しくださるか、写しを一部送ってくださいませんか。そうすれば、ゆっくり楽しんで読めますからね。私のような老いぼれには、台詞《せりふ》まわしが少し早いですな。それに、誰も言いかけたことを最後まで言わないようです。ですが、人気男優や女優を説得して、高いところから舞台の海に飛び込ませることができるとお考えですか？」

「そりゃあ、昔気質の役者さんは四の五の言うかもしれませんわ」と彼女はこたえた。「だって――貴国《おくに》の大悲劇女優、オリヴィア・フェヴァーシャムがそんなことをするなんて、想像できませんものね――あの人はまだそんなに年老《としと》っていないし、今も綺麗ですけど、ただ――でも、いかにもシェイクスピア俳優でしょう！　でも、ヴァイオレット・ヴァーニー嬢《さん》は約束してくれましたし、彼女の妹は私のお友達なんです。といっても、もちろん、そんなに——それに素人役者が大勢、面白がってやるでしょう。あのガヘガンさんなんかは泳ぎが達者ですし、お芝居をしたこともありますのよ——ええ、そう、もしジョトン・ヴァーニーが出るなら、スイッチが入りますわ」

これまで辛抱強く自制していたポンド氏の顔が、まったく無言のうちに機敏な、生き生きした表情になった。彼は今までと違う真面目な調子で言った。

「ガヘガン大尉は私の親友でして、私をヴァーニー嬢に紹介しました。舞台に出ているヴァーニー嬢のお姉さんについては——」

「ジョーンの足元にも及ばないでしょう？　でも——」とエイサ＝スミス嬢は言った。

ポンド氏の心の中では、もう印象が固まっていた。エイサ＝スミス嬢が気に入った。大好きになったのだ。イギリスの貴族ヴァイオレット・ヴァーニー嬢のことを考えると、このアメリカ娘がなおさら好きになった。ヴァイオレット嬢は下手な演技をするために金を払い、上手な演技をして金を稼げたかもしれない貧乏人の邪魔をする、金持ち婦人の一人だった。たしかに、彼女なら水着を着て——いや、何を着てでも、何も着なくとも、飛び込むくらいはやりそうだった——それが舞台に出て脚光を浴びる唯一の途《みち》だとなれば。エイサ＝スミス嬢の馬鹿げた劇に協力し、現代的であることや身勝手な男性から独立することについて、似たような戯言《たわごと》をしゃべったりもしそうだった。けれども、一つ違いがあり、それはヴァイオレット嬢の名誉になるものではなかった。気の毒なアルテミスがたわけた流行を追うのは、懸命に働くジャーナリストであって、生活の糧《かて》を稼がねばならないからだったが、ヴァイオレット・ヴァーニーは他人の生活の糧を奪うだけだった。二人とも、未完成な文章を数珠《じゅず》繋《つな》ぎにしたようなしゃべり方をした。それは、ポンド氏が思うに、くずれた英語と真に呼び得る唯一の言語だった。しかし、ヴァイオレットが文章を尻切れとんぼにするのは、途中で飽きて最後まで言わないというふうだったのに対し、アルテミスは次の文章を始めたくて仕方がないから、そうするかのようだった。彼女にはなぜか、何かが、ある生命の気概があって、それはいかなるアメリカ批判にも耐え抜くのである。

「ジョーン・ヴァーニーの方がずっと素敵ですわ」とアルテミスはつづけた。「きっと、お友達のガヘガンさんもそう思っていますわ。あの人たち、本当にくっつくとお思いになる？　あの人、変人ですわよね」

ポンド氏もそれは否定しなかった。ガヘガン大尉——あの肩で風を切って歩く、落ち着きのない、時々むっつりしている高等遊民は、いろいろな点で変わっており、一番変わっているのは、几帳面で散文的なポンド氏に、本人とは不釣り合いなほどの愛情を寄せていることだった。

「あの人、やくざ者だって言う人もいます」率直なアメリカ娘は言った。「私はそうは言いませんけど、正体のわからない人だとは申し上げます。それに、ジョーン・ヴァーニーのことでは、いやにまだるっこいじゃありませんか？　本当はあのオリヴィアに——お国の唯一の悲劇女優に恋しているんだと言う人もいます。でも、彼女はほんとに悲劇的ですわね」

「現実の悲劇を演じないことを祈ります」とポンドは言った。

彼は自分が言ったことの意味を承知していた。しかし、オリヴィア・フェヴァーシャムがそれから二十四時間のうちに演じる、現実の生と死の恐ろしい悲劇については、何の予感もなかったのだ。

彼はただ自分の知っているアイルランド人の友人のことを考えていたのである。この友人とは、知らないこともすべて知っているほど親しかった。ピーター・パトリック・ガへガンは、たぶん過度に現代生活を満喫していて、ナイトクラブの常連であり、スポーツ・カーを乗りまわし、まだ比較的若かったにもかかわらず、過去の遺物だった。今よりももっとバイロン的な気取った態度の時代に属していた。「ロマンティックなアイルランドは死んで消え去った。オリアリー*4と墓に眠っている」とW・B・イェイツ氏が記した時、イェイツ氏はまだ墓に入っていないガへガンに会ったことがなかったのだ。大尉はあの古い伝統に連なっていることが、百の試験によってわかっていた。騎兵隊の兵士だったこともあるし、議員をしたこともあった。洗練された掉尾《とうび》*5文を駆使する昔のアイルランドの雄弁家のあとを継ぐ最後の一人だった。こうした雄弁家たちと同様、大尉は何らかの理由でシェイクスピアを崇拝していた。アイザック・バット*6は演説にシェイクスピアの文句を鏤《ちりば》めたし、ティム・ヒーリーはこの詩人をじつによく引用したので、シェイクスピアの詩が食卓のおしゃべりの一部のようになっていた。キロウェンのラッセル[*7]はほかの本を読まなかった。しかし、ガヘガン大尉は、かれらのように、十八世紀的なシェイクスピア好きだった。ギャリック的[*8]な、ということである。そして彼が現代に呼び戻す十八世紀には、かなり異教的な面があった。ポンドは、ガヘガンがオリヴィアやほかの誰かと関係を持つ可能性を忘れることができなかった。もしそうだとすると、じきに嵐が来るかもしれない。オリヴィアは結婚しており、相手はお人好しの亭主ではなかったからだ。

フレデリック・フェヴァーシャムはうだつの上がらぬ俳優よりも、もっと性質《たち》の悪いものだった。かつて成功した俳優だったのである。今は劇場では忘れられ、法廷でだけ憶えられていた。色の浅黒い、気難しい男で、げっそり痩せているけれども、今もそれなりの美男子である彼は、一種の万年訴訟当事者として名を馳《は》せ、あるいは親しまれるに至った。

＊4　ジョン・オリアリー（一八三〇―一九〇七）。アイルランドの独立運動家。
＊5　長い修飾節が続き、主語と述語が一番あとに来るという形で、終わりまで文意が完成しない文をいう。
＊6　一八三二―一九〇〇。アイルランドの法律家・政治家。
＊7　チャールズ・ラッセル（一八三二―一九〇〇）。アイルランドの政治家。
＊8　デヴィッド・ギャリック（一七一七―七九）。十八世紀イギリスの名優。

彼は年中、取るに足らぬ胡麻化《ごまか》しや、迂遠《うえん》で不確かな不当行為をされたといって、人々を――劇場支配人や競争相手などを訴えていた。自分よりも若く、まだ女優として人気がある妻とは、今のところ格別諍《いさか》いを起こしてはいなかった。しかし、妻よりも事務弁護士との仲の方がずっと親密だった。

フェヴァーシャムは法廷から法廷をめぐって権利を追求し、「マスターズ、ルーク・アンド・マスターズ」事務所の弁護士ルークが、影のようにそのあとを追っていた。ルークは光沢《つや》のない黄色い髪と、いささか無表情な顔をした青年だった。依頼人の争いをどう思い、それをどの程度抑えようとしたかを、その無表情な顔はけして示さなかった。しかし、彼は依頼人のために良く働いたから、二人は必然的に、ある意味で戦友となっていた。ポンド氏は一つだけ確信していた。もしもガヘガンに落度《おちど》があったら、フェヴァーシャムもルークもこの常軌を逸した紳士を容赦しないだろうということだった。ところが、問題のこの部分は、彼が夢にも思わなかったほど悪い解決を見る運命にあった。例の取材記者としゃべってから二十四時間後に、ポンドはフレデリック・フェヴァーシャムが死んだことを知ったのである。

訴訟好きな人間はたいがいそうだが、フェヴァーシャム氏も大勢の弁護士に飯の種を与えるような法的問題を残していた。だが、それは不備な遺言書とか疑わしい署名といった問題ではなかった。硬張《こわば》って目を剝《む》いた死体という問題で、庭の門のすぐ内側に横たわり、切っ先留めのボタンが外《はず》れたフェンシング用の剣で地面に釘づけにされていた。法律尊重主義者フレデリック・フェヴァーシャムは、少なくとも一つの、決定的で疑いの余地のない不法行為による損害を蒙《こうむ》った。自分の家に入って来た時、刺し殺されたのだ。

ゆっくりと集められたいくつかの事実が、警察に提示されるよりずっと早く、ポンド氏の前に提示された。これは奇妙に思われるかもしれないが、理由があった。ポンド氏は他の多くの政府高官のように、いささか内密の、思いがけない勢力範囲を持っていたのである。彼の社会的権力は非常に内輪なものだった。もっと若くて著名な人々が、特殊な事情の故に、彼をいささか畏怖《いふ》していることさえ知られていた。しかし、それをすっかり説明するには、あらゆる組織のうちで一番反憲法的な組織の迷路を探らなければなるまい。ともあれ、この厄介事について彼が最初に受けた警告は、平凡な法的書簡というありふれた形を取った。その手紙は有名な「マスターズ、ルーク・アンド・マスターズ」事務所の便《びん》箋《せん》にしたためられ、ある種の情報について、ルーク氏がポンド氏と話し合うことをお許しいただきたい――その情報を警察当局や新聞に伝える必要が生じる前に――という主旨だった。ポンド氏は同じくらい堅苦しい返事の手紙を書いて、明日、これこれの刻限にルーク氏を喜んでお迎えすると伝えた。彼はそれから腰を下ろし、虚空をじっと見つめた――何人かの友人が、それ故に彼を魚に譬《たと》えるようになった、あの少しギョロギョロした表情で。

彼は事務弁護士が次の日言ったことの三分の二ほどについて、すでに考えていた。「本当のところ、ポンドさん」事務弁護士は翌日、ついにポンド氏の机の向かい側に腰を下ろすと、親しげだが、しかし慎重な声で言った。「本当のところ、この事件の真相が明らかになりますと、その結果は何にしても痛ましいことに違いありませんが、あなたにはとくに辛いかもしれません。我々はたいてい、友人がこのようなことで嫌疑をかけられるなどと想像もできませんからな」

ポンド氏の穏やかな眼はいとも大きく見開き、口さえも、人によっては魚そっくりだと考える一瞬の動きをした。法律家はおそらく、友人が事件に関わっていると初めて仄《ほの》めかされて、ショックを受けたと思ったのだろう。だが、じつをいうと、ポンド氏は、そんなことを考えつかない人間がいるものかと思って、少し呆れたのだ。彼は陳腐な探偵小説にそういう主旨の言葉がよく出て来るのを知っていた——バークやギボンを読んでいる時、気分転換にその手の小説を愛読したからである。こんな文句が百ものページに印刷されているのが目に浮かんだ——「この若くてハンサムなクリケット選手が罪を犯すなんて、誰にも信じられなかった」とか、「社交界随一の人気者ピクルボーイ大尉のような男を殺人事件と結びつけるなど、馬鹿げているように思われた」といった類《たぐい》である。こういう言葉は何を意味するのだろう、とポンド氏はいつも思っていた。彼の単純で懐疑主義的な、十八世紀風の心には、そうした言葉は何も意味しないように思われた。感じの良いハイカラな男が、ほかの誰かのように人殺しをしていけない理由があろうか？　彼は内心この事件でひどく動揺していたけれども、それでも、そういうものの言い方は理解できなかった。

「残念ですが」法律家は低い声で語りつづけた。「わたくしどもが内々ですでに行いました独自の調査によりますと、御友人のガヘガン大尉は釈明をしなければならない立場におられます」

「そうだ」とポンドは思った。「まったく、ガヘガンは釈明しなければいけない！　そこがまさにあいつの問題なんだ――しかし、まあ、この男は何て鈍《のろ》くさいんだろう！」つまり、本当に厄介なのは、ポンドがガヘガン大尉を大好きなことだった。しかし、人殺しができるかどうかという点になると、ガヘガンには人殺しができる――辻馬車の御者に酒銭《さかて》を渋るよりは、人殺しの方ができそうだと考えたくなるのだった。

　突然、ポンドの記憶裡に、ガヘガンその人の姿が異様にありありと浮かんで来た。ガヘガンがぶらぶらしているのを最後に見た時の姿である。広い肩を揺すって大股に歩き、風変わりな黒ずんだ赤毛の頭に、灰色の山高帽をちょっと道楽者のように斜めにかぶっていた。背後には日没の空があって、夕雲が流れ、一種のこわれゆく紫の華やかさをおびていた。それは気の毒なガヘガン自身の華やかさにも似ていた。否。あのアイルランド人は七十七回も赦《ゆる》されるべき男だが、安易に放免して良い男ではなかった。

「ルークさん」ポンドはだしぬけに言った。「まず初めに、私の知っていることでガへガンに不利なことを申し上げたら、時間の節約になりましょうかな? 彼は大女優のフェヴァーシャム夫人につきまとっていました。なぜかは知りません。本当はべつの女性を愛していると私は信じております。しかし、彼は間違いなく、あの女優のためにおそろしく時間を使っていました。何時間も、何時間も、夜遅くにもです。しかし、もし彼が何か世間の掟《おきて》に反することをしているのをフェヴァーシャムが見つけたら、フェヴァーシャムは訴訟を起こしたり醜聞を立てたりしないで済ませる人間ではありませんでした。あなたの依頼人を非難するつもりはないのですが、あけすけに申し上げると、あの人は一生涯、ほとんど訴訟や醜聞によって暮らしを立てていましたからね。そして、もしフェヴァーシャムが脅迫したり強請《ゆす》ったりする男だったとすると、率直に申し上げて、ガへガンは腕力でやり返すような男でした。きっと、彼を殺すことも辞さなかったでしょう——ことに御婦人の名誉が関わるとなれば。それがガへガン大尉に不利な言い分です。そして、最初に申し上げておきますが、私はそれがあたっていると信じません」

「不幸なことに、ガへガン大尉に不利な言い分は、それだけではないのです」ルークは滑らかに言い返した。「すっかりお聞きになったら、あなたもお信じになるのではないかと思います。おそらく、わたくしどもの調査のもっとも重大な結果はこのことです。殺人が行われた晩の行動ないし予定していた行動に関して、ガへガン大尉が三つのまったく相矛盾する説明をしていることは、もう明らかに確認されています。この点に関しては、彼の正直さをどう高く見積もるとしても、大尉は少なくとも一つの真実に対して二つの嘘をついています」

「ガヘガンはいつも真実を言う男です」とポンドは言った。「面白がって嘘をつく時はべつですがね。そのことはむしろ、虚言の崇高な芸術を必要の賤《いや》しい用途に売り渡したりしない人間の特徴といえましょう。通常の実際的な事柄に関していえば、彼は率直なだけでなく、むしろ几帳面でもあります」

「おっしゃる通りだといたしましても」ルーク氏は疑《うたぐ》るように答えた。「それでも、こうお答えしなければなりません――もしも、ふだんはあけすけで真実を言う人だったとすれば、彼に嘘をつかせたのは、致命的で深刻な事態だったに相違ない、と」

「その嘘は、誰に言ったんです？」とポンドはたずねた。

「何とも辛くて微妙なところは、そこなのです」法律家は首を振って、言った。「その日の午後、ガヘガンは幾人かの御婦人と話をしていたようです」

「あの男はいつもそうですよ」とポンドは言った。「それとも、御婦人方が彼に話をしていたんですかな？　その一人がたまたま、たとえば、あの魅力的な御婦人、ペンタポリスのエイサ＝スミス嬢だったとすると、彼女の方が話しかけていたんだろうと推測いたしますね」

「これは不思議ですな」ルークは少し驚いて言った。「推測なさったのかどうか知りませんが、御婦人の一人はたしかにペンタポリスのエイサ＝スミス嬢でした。ほかの二人はヴァイオレット・ヴァーニー嬢と、最後なれども最小ならぬジョーン・ヴァーニー嬢でした。実際に、ガヘガン大尉が最初に話をしたのはこの最後の御婦人でしたが、それは不思議でも何でもないことだったようです。本当はこのヴァーニー嬢に惹かれていたというお話に照らしてみますと、彼女に言ったことが一番真実に近く思われたのは、注目に値することです」

「ふうむ」とポンド氏は言って、考え込むように顎鬚《あごひげ》を引っ張った。

「ジョーン・ヴァーニーは」と法律家は重々しく言った。「この件で悲劇や厄介事が起こったのを知る前に、はっきりと述べています――ガヘガン大尉は家を去る時、こう言ったそうです。『僕はフェヴァーシャムの家へまわるつもりだ』」

「それが、ほかの二人に言ったことと矛盾するとおっしゃるのですな」とポンド氏は言った。

「はなはだしい矛盾です」とルークはこたえた。「舞台ではヴァイオレット・ヴァーニーとして知られる姉は、大尉が出て行こうとするのを止めて、ちょっと立ち話をしました。しかし、帰り際に、大尉は彼女に向かってはっきりと言ったのです。『フェヴァーシャムの家には行かないよ。あの夫婦はまだブライトンにいる』というようなことを」

「そして今度は」ポンド氏は微笑んで言った。「ペンタポリスから来た私の若い友達の番ですね。ところで、彼女はそこで何をしていたんです?」

「大尉が玄関の扉を開けると、戸口の上り段にいたんです」ルーク氏も微笑んで、こたえた。「『喜劇女優にして社交界の指導者』であるヴァイオレット・ヴァーニーにぜひインタビューしようと、張りきって駆けつけたのです。彼女も、またガへガンも、そこにいるのに見過ごされるような人ではありませんし、お互いを見過ごすような人でもありません。ですから、ガへガンは彼女とも少しおしゃべりをしました。それが終わると、灰色の山高帽をサッと振りまわし、これからクラブへ行くと言って、立ち去ったのです」

「それはたしかですか?」ポンド氏は眉を顰《ひそ》めてたずねた。

「彼女はたしかにそう聞いています。それでカンカンに怒っていたのですから」とルークはこたえた。「あの女性はその話題に関して、何か女権論者《フェミニスト》特有の気まぐれな考えをお持ちのようですな。クラブへ行く男はみんな、そこで女性を中傷するような話をして、それから、ぐでんぐでんに酔っ払うまで酒を飲むんだと思っています。怒ったのは、多少職業的な感情もあったのかもしれません。たぶん、自分自身のためか、『生ける電信《ライヴ・ワイアー》』紙のために、もっと長くインタビューをしたかったのでしょう。しかし、あの人がまったく正直な話をしていることは保証します」

「そうですとも」ポンド氏は強調して、しかし、やや憂鬱そうに言った。「あの人は正直そのものですよ」

「さて、そんな次第です」ルークの方も、然るべき憂鬱さがなくもない調子で言った。「こうした状況に於ける大尉の心理は、明白すぎるほど明白だと私には思われます。彼はふだん何でも打ち明ける娘に、本当の行き先をつい言ってしまいました。その時はまだ犯行を計画していなかったのかもしれませんし、計画や予定をまだ完全には立てていなかったのかもしれません。しかし、それほど親しくない人々と話す頃には、フェヴァーシャム家へ行くと言うのが賢明でないことに気づいたのです。彼が最初の衝動に駆られて、慌てて露骨に言ったのは、フェヴァーシャム家には行かない、ということです。それから三人目と話した時は、自然だし、十分に曖昧な巧い嘘を思いついて、これからクラブへ行くと言うのです」

「そうかもしれませんな」とポンドはこたえた。「あるいは——」ポンド氏はこの時初めてエイサ＝スミス嬢のだらしない癖に染まり、言いかけた言葉を尻切れとんぼにした。そのかわり、坐ったまま、持ち前の少しギョロギョロした眼で魚のように遠くを見つめていた。それから顔に両手をあてて、言訳するように言った。「失礼いたしますが、少し考えさせてください」そして、禿げ上がった額をふたたび手で蔽《おお》った。

顎鬚を生やした魚は、今までとは何か違う表情を浮かべて水面に上がって来ると、キビキビした、鋭いほどの口調で言った。

「あなたは気の毒なガへガンに罪を被《き》せようと、一生懸命のようですな」

ルークの顔が初めて硬くなった――いや、険《けわ》しくなったと言っても良かった。「私どもが依頼人の殺害者を法の裁きにかけたいと願うのは、当然です」

ポンドは前に身を屈《かが》め、見透《みす》かすような眼で、こう繰り返した。「しかし、殺人犯をガへガンにしたがっておられる」

「証拠を申し上げたじゃありませんか」ルークは不機嫌な顔で言った。「あなたは証人たちを御存知でしょう」

「しかし、奇妙なことに」ポンドは非常にゆっくりと言った。「あなたはあの証人たちの報告にある、真に決定的なことに触れませんでした」

「あれでも十分決定的です――何をおっしゃるんです?」法律家は厳しく言った。

「私が言いたいのは、かれらは嫌々ながらの証人だということです」とポンドはこたえた。「これは共謀ではあり得ません。あのヤンキーのお嬢さんは日の光のように正直で、陰謀に加わったりはけしてしないでしょう。ガへガンは女性に好かれる男です。ヴァイオレット・ヴァーニーでさえ、彼を好いています。ジョーン・ヴァーニーは彼を愛しています。しかし、かれらは全員、彼の言い分を否定するような証言をしています。少なくとも、彼が自家撞着《じかどうちやく》していることを示しています。ところが、みんな間違っているんです」

「一体全体、どういう意味です?」ルークは突然、苛立《いらだ》って叫んだ。「みんな間違っているとおっしゃるのは？」

「みんな、彼が言ったことに関して間違っているんです」とポンドは答えた。「ガヘガンがほかに何か言ったかどうか、おたずねになりましたか？」

「ほかに何が必要なのです？」法律家はもう本当に腹を立てて、大きな声を出した。「証人たちはみんな、私が言った通りのことをガヘガンが言ったと誓言できるでしょう。フェヴァーシャム家へ行く。フェヴァーシャム家へは行かない。名は言わないが、どこかのクラブへ行く——それから、街路《とおり》を駆け出して行って、一人の御婦人を立腹させたのです」

「その通り」とポンドは言った。「あなたは彼が三つの違うことを言ったとおっしゃいます。私は彼が同じことを三人に言ったのだと申し上げましょう。彼は話をあべこべにして、同じことにしたんです」

「あべこべにしたのは結構ですが」ルークはほとんど憎々しげに言った。「しかし、もしガヘガン大尉が証人席に入ったら、おわかりになるでしょうな——物をあべこべにすると同じになる、と偽証に関する法律が認めてくれるかどうか」

二人はしばし黙り込み、それからポンド氏が落ち着き払って言った。

「これで、もうガヘガン大尉の罪について何もかもわかりましたぞ」

「あることについて、何もかもわかったなんて、誰に言えます。私は言いませんよ。あなたはおっしゃいますか？」

「ええ」とポンド氏は言った。「ガヘガン大尉の罪は、女性を、ことに現代の女性を理解しなかったことです。ああいう女殺しといった感じのする男たちは、めったに女性を理解しません。親愛なるガヘガン君が、じつはあなたのお祖父さんのお祖父さんだということを御存知ありませんか？」

ルーク氏は突然、心《しん》からギョッとしたような素振りをした。ポンド氏が狂っていると一瞬思ったのだが、そう思ったのは彼が最初ではなかった。

「おわかりになりませんか」とポンドは語りつづけた。「彼は昔の伊達《だて》男や洒落《しゃれ》者の仲間に属しているんです。連中は『女よ、美《うるわ》しき女よ』などと言いながら、女性のことを何も知りませんでした――おかげで、女の力はかなり強くなりました。しかし、連中は何と讃《ほ》め言葉を言うのが上手だったことでしょう！『そばに寄りたまえ、汝ら、ステュクスの輩よ』[*9]しかし、あなたもそうおっしゃりたいようですが、これは目下の話とはあまり関係がないかもしれませんね。ともかく、ガヘガンは昔風の女殺しだと言う意味はおわかりですか？」

「非常に昔風の紳士殺しだということは知っています」ルークは声を荒らげて言った。

＊9　ウォルター・サヴェージ・ランドー（一七七五―一八六四）の詩「Dirce」からの引用。

「私の依頼人であり友人でもあった、立派な、不遇な紳士を殺したことも!」

「少しお腹立ちのようですな」とポンド氏は言った。「ジョンソン博士の『人の望みの虚しさ』[10]をお読みになったことはおありですか? じつに心が慰められますよ。本当です、私が引き合いに出したかった十八世紀の作家たちは、じつに心を慰めてくれます。カトー[11]を題材にしたアディソンの劇[12]をお読みになりましたか?」

「あなたは狂っているようだ」法律家は真っ青になって言った。

「あるいは」ポンド氏は饒舌《じょうぜつ》に言った。「水着を着た公爵夫人が出て来るエイサ=スミス嬢の劇をお読みになりましたか? 文章がみんな妙な具合に切り詰められているんです――水着のように」

「あなたの言っていることに、何か意味があるんですか?」法律家は低い声でたずねた。

「ええ、たくさんありますとも」ポンドはこたえた。「しかし、説明するには大分時間がかかります――『人の望みの虚しさ』のようにね。言いたいのは、こういうことです。私の友人ガヘガンは、私と同様、昔の文人や雄弁家が大好きなのです。結論の部分を待たなければならない演説や、尻尾に刺《とげ》のある警句がね。私たちが最初友達になったのは、二人とも十八世紀の文体が――均整や対句や何かが好きだったからでした。さて、もしあなたにそんな御趣味があって、たとえば、『カトー』の中のさんざん引用された一節を読むとします。『成功を意のままにするは人の身の及ぶところにあらず。されど我等《われら》はそに勝ることをせむ、セムプローニウスよ、成功にふさわしきものとならむ』――さて、この文章が巧いか拙《まず》いかはともかくとして、あなたは文の終わりを待たなければなりません。なぜなら、平凡なことから始まって、要点で終わるからです。しかし、今どきの文はけして終わりませんし、誰も終わりを待たないのです。

ところで、女性にはつねに多少そういうところがありました。ものを考えないのではありません。我々男よりも早く考えるのです。かれらはしばしば我々より巧くしゃべります。しかし、あまり聴き上手ではありません。最初の要点に素早くとびつき、そこにたくさんのものを見ると、そこから一足飛びに断定を下して――ともすると、話の残りの部分にまったく気づかないのです。けれども、ガヘガンは違う種類の人間で、昔風の雄弁家ですから、つねに文章をきちんと終わらせ、文末でも文の始まりと同様に、言いたいことを注意深く言おうとするのです。

法廷弁護士がよく言うように、私はこういう説を提示します――第一の場合、ガヘガン

＊10　サミュエル・ジョンソン（一七〇九―八四）の詩。
＊11　マルクス・ポルキウス・カトー（前二三四―前一四九）。「カルタゴ討つべし」の言葉で知られるローマの政治家。
＊12　ジョーゼフ・アディソン（一六七二―一七一九）の『悲劇カトー』。

大尉がジョーンに言ったのは、じつはこういうことだったのです。『フェヴァーシャムの家に寄ってみるよ。まだブライトンから帰っていないと思うが、ちょっと覗いてみる。もしいなかったら、クラブへ行くよ』ピーター・ガヘガンはそう言ったのですが、ジョーン・ヴァーニーが聞いたことは、それと違います。フェヴァーシャム家へ行くと聞いた時、彼女はそのことなら何もかもわかっている——知りすぎるほど知っている——とすぐに感じました——『あの女に会いに行くんだ』というふうに思ったのですが、それも無理からぬことです。しかし、彼が次に言ったのは、その女はまず確実に留守だということだったのですがね。ブライトンやクラブの話は彼女の関心を惹かず、思い出しもしませんでした。さて、では第二の場合に移りましょう。ガヘガンがヴァイオレット・ヴァーニーに言ったのは、こういうことでした。『フェヴァーシャムの家へ行っても仕方がない。ブライトンから戻って来ていないよ。でも、ちょっと覗いて来る。もし戻っていなかったら、クラブへまわろう』ヴァイオレットはジョーンほど正直ではありませんし、注意深くもありません。彼女もオリヴィアに嫉妬していましたが、ずっと薄っぺらい気持ちでした。ヴァイオレットは自分を女優だと思っていたからです。彼女もフェヴァーシャムという言葉を聞いて、そこへ行っても仕方がないとガヘガンが言ったのを曖昧に憶えていました——すなわち、そこへは行かない、と言ったように受けとったんです。これに気を良くして、もったいなくもあの男とおしゃべりをしたもうたのですが、彼が言ったほかのことには、少しも注意を払いたまわなかったのです。

さあ、それでは第三の場合です。ガヘガンが玄関先でアルテミス・エイサ＝スミス嬢に言ったのは、こういうことでした。『僕はクラブへ行きます。途中で友達の家に、フェヴァーシャム家に立ち寄る約束をしたんですが、あちらはブライトンからまだ帰って来ていないと思います』それが彼の言ったことです。アルテミスがその声を聞き、姿を見、火のような眼で睨みつけたのは、傲慢で、自分勝手で、放縦《ほうしょう》な男の典型でした。その男は破廉《はれん》恥《ち》なクラブへ――女性が中傷され、男は酒浸りになる場所へ――行くなどということを天下の往来で臆面《おくめん》もなく言うのです。この恥知らずな公言のショックを受けたあとでは、もちろん、彼が言ったほかのたわごとの欠片《かけら》を拾うようなことはできませんでした。彼はただクラブへ行く男だったのです。

さて、ガヘガンが実際に言った三つの言葉は、すべてまったく同じです。すべて同じことを意味し、同じ行動の道筋を描き出し、同じ行動には同じ理由を与えています。しかし、どの文が最初に来るかによって、全然違って聞こえるんです――ことに、最初の文にとびつくのに慣れた――そのあとに何もないことが多いので――多少そそっかしい現代っ子のお嬢さんたちには。すべての文が始まったとたんに終わるエイサ＝スミス流の劇は、『カトーの悲劇』とはあまり関係がないように思われるでしょうが、〝ガヘガン大尉の悲劇〟には大いに関係がありました。かれらはこの上ない善意を持ちながら、尻切れとんぼの文章でしかものを考えないというそれだけの理由で、私の友人を縛り首にするところだったんです。折れた首、破れた心臓、破綻した人生——すべて、かれらが破格の英語以外の言葉を学ぼうとしないからなのです。ガヘガンや私の黴臭《かびくさ》い古い趣味にも、人間が書く物を全部読者に読ませ、言うことを全部聴かせる種類の文学にも、讃めるべき点があるとお思いになりませんか？ 重要な陳述は、トクシン氏や水に跳び込む公爵夫人のブッ切りの話よりも、アディソンやジョンソンの言葉でしてもらいたいと思いませんか？」

この独り語りの間——それはたしかに、少々長かったが——法律家はだんだんと落ち着かなくなり、神経が苛立って来た様子だった。

「そんなことはすべて想像です」彼は熱に浮かされたように言った。「あなたは何一つ証明していない」

「さよう」とポンドは重々しく言った。「おっしゃる通り、想像したんです。少なくとも、推測をしました。しかし、ガヘガンに電話して、あの日の午後、彼が言った言葉と行動について、本当のことを少し聞きました」

「本当のこと！」ルークは異様なほど苦々しく叫んだ。

ポンドは興味深げに相手を見やった。ルーク氏の第一印象である無表情な様子は、仔細《しさい》に観察すると、主として、無理に変えまいとしているような顔つきのせいだったが、頭と髪が硬張っていて滑らかなことも、その一因だった。髪の毛はまるでねばねばする黄色い絵具を――ゴム状の雌黄《しおう》を塗りつけたかのようだった。眼瞼《まぶた》は冷たく、少し閉じていることが多かったが、その下にある灰緑色の瞳はまるで遠くにあるかのように、妙に小さく見えて、極微な緑の蝿《はえ》のように、踊り、跳びまわっていた。帷《とばり》に隠され、しかし落ち着きのないその瞳を見れば見るほど、ポンド氏は嫌悪をおぼえた。ガヘガンを陥《おとしい》れる陰謀があるのではないか――とはいっても、アルテミスやジョーンがたくらむ陰謀ではけしてないが――という空想が蘇《よみがえ》った。やがて彼は唐突に沈黙を破った。

「ルークさん、亡くなった依頼人のことを気にかけておられるのは当然ですが、あなたは職業的関心以上の関心を持っておられると感じる人もいるかもしれませんな。フェヴァーシャム氏の事情に精通しておられるのですから、彼についてちょっと教えてくださいませんか？　フェヴァーシャム氏と夫人はあの日、ブライトンから帰って来たのですか？　あの日の午後、フェヴァーシャム夫人は家にいましたか？　ガヘガンがそこに行ったかどうかはともかくとして」

「いませんでした」ルークはそっけなく言った。「二人とも、翌朝帰ることになっていました。フェヴァーシャムがなぜあの夜帰って来たのか、私にもわかりません」

「まるで誰かが呼び戻したようにも思えますな」とポンド氏は言った。

事務弁護士ルーク氏は突然席を立って、そっぽを向いた。「あなたの空理空論をうかがっていても、役に立つとは思えませんな」そう言うと、ぎこちないお辞儀をして、山高帽を取り、尋常とは思えぬ急ぎ足で家から去った。

翌日《あくるひ》、ポンド氏はふだんにもまして入念に型通りの身ごしらえを整えると、御婦人方を順次訪問した。彼にとっては珍しい浮わついた儀式だった。最初にヴァイオレット・ヴァーニー嬢の御機嫌をうかがったが、彼女はこれまで遠くから見たことがあっただけで、間近に見なければならないのは、少し憂鬱だった。近頃プラチナ・ブロンドというものはこれだな、とポンド氏は彼女の髪の毛を見て思った。口と頬を紫というよりも菫《すみれ》色に塗っているのは、自分の名前にちなんでの優雅な化粧に違いなかったが、それが彼女の友達は幽霊のようだと言い、敵はお化けのようだと言う効果を呈していた。ポンド氏はこの無頓着な婦人からも、ガヘガンが現実に言った言葉を再構成するのに役立つ告白を引き出した。もっとも、この御婦人の述べる言葉は、例によって、ちゃんと言い終わらぬうちに息切れして消えてしまうというふうだったが。それから妹のジョーンと会見すると、人間の個性という、流行からも風俗習慣からも独立した不思議なものに内心感嘆をおぼえた。というのは、ジョーンにも同じ文体の癖が多分にあり――同じようにやや甲高い、育ちの良さを感じさせる声で話し、大まかな尻切れとんぼの文章でものを言ったが、幸い、同じ紫の白粉《おしろい》は使っていなかったし、眼も、仕草も、精神も、不滅の魂もけして同じではなかったからである。ポンド氏には昔風の偏見が色々あったけれども、こちらの娘の場合は、新しい美徳が、新しかろうとどうだろうと美徳であることがすぐにわかった。彼女は勇気があり、寛大で、真実を好んだ――社交界新聞にもそう書いてあるが。「彼女は大丈夫だ」とポンド氏は思った。「黄金と同じだ。黄金よりずっと良い。そして、ああ、プラチナより何と良いことだろう！」

巡礼の次の宿場に立ち寄る段になって、彼は馬鹿げて大きな途方もないホテルを訪れた。ペンシルヴァニアのエイサ＝スミス嬢が光栄にもこのホテルに泊まっているのだ。彼女はいささか圧倒的な情熱をもってポンド氏を迎えた。この迸《ほとばし》る情熱の力で世界中どこへでも飛んで行くのだ。彼女の場合、クラブへ行くような男でも、たまたま人殺しでないことがあり得ると認めさせるのは造作《ぞうさ》もなかった。このやりとりは、当然ジョーンとの会見（彼は常々それについては誰にも、一言も言おうとしなかった）ほど個人的でも、打ち解けてもいなかったが、熱心なアルテミスは相変わらず豊かな良識と気立ての良さで、ポンド氏に好感を与えた。彼女は話題が持ち出される順番と、それが自分の心に及ぼしたであろう効果についての要点を理解してくれた。さて、ここまでポンド氏の策略は上手く行った。御婦人たちは三人とも、真剣さや集中力の程度は異なれ、ガヘガンの言ったことに関する彼の説を傾聴して、そう言ったかもしれないと認めてくれた。仕事がここまで終わると、ポンド氏は少しためらい、おそらく少し気をひきしめてから、最後の義務《つとめ》に取りかかった――またも一人の御婦人を訪問するのだった。彼がためらったのも無理はあるまい。

今回の訪問のためには、人が殺されていた不気味な庭を通り、未亡人が今も独りで住んでいる、高い、不吉な家へ行かねばならなかったからである。その未亡人とは偉大なオリヴィア、悲劇の女王、今は二重の意味で悲劇的と言うにふさわしい人であった。

彼は少し嫌な気持ちで門を潜り、柊《ひいらぎ》の木の蔭になっている暗い隅を通り抜けた。気の毒なフレッド・フェヴァーシャムが割竹のような細い剣で地面に釘づけにされた場所である。そして星空を背に黒々と塔のごとく聳《そび》え立つ、幅の狭い、剝き出しの煉瓦の家の戸口まで、曲がりくねった小径を登って行った。その間、考え込んでいたのは、ガヘガンの話の辻褄《つじつま》が合わないといった些細な事柄よりも、もっと深い難問だった。あの馬鹿馬鹿しい一件の裏には真の問題があり、解決を求めていた。誰かが不幸なフレデリック・フェヴァーシャムを殺害し、ガヘガンに疑いが向けられるには現実の理由があったのだ。何と言っても、彼はこの女優と一日中、それに夕方から夜半まで、何度も一緒に過ごしている。二人がフェヴァーシャムに不意を襲われて、血腥《ちなまぐさ》い解決手段を取ったということは、恐ろしく、そして厭《いと》わしいが、いかにも自然で、ありそうなことだった。フェヴァーシャム夫人はしばしばシドンズ夫人[*13]に較べられた。彼女自身の外向きの振舞いはつねに威厳と分別のあるものだった。ヴァイオレット・ヴァーニーなら醜聞も宣伝になったろうが、夫人の場合、そうではなかった。二人のうちでは、彼女の方に強い動機がある……だが、神よ、これでは駄目だ！　ガヘガンが無実だとしても――そんな代価を払ったのでは！　いかなる欠点があるにしろ、彼は〝御婦人〟を罪に落とすくらいなら、紳士らしく絞首刑になる男だ。ポンド氏はつのりゆく恐怖を感じながら、暗い煉瓦の塔を見上げて、これから人殺しの女に会うのだろうかと考えていた……やがて、病的な考えを遮二無二《しゃにむに》振り捨て、もう一度事実を見つめ直そうとした。結局のところ、ガヘガンや未亡人を疑うべき根拠が何かあるのだろうか？　つとめて冷静に考えようとしているうちに、事は実際、時間の問題に帰着するような気がして来た。

ガヘガンはたしかに、オリヴィアととんでもなく長い時間を過ごしている。それが、彼女への情熱の唯一の外的証拠である。ジョーンへの情熱を示す証拠は、まことに外的である。このアイルランド人がジョーンを心から愛していることは請け合っても良い、とポンドは思っていた。ガヘガンは彼女に気持ちを示し、ジョーンも、当節の若い男女に認められた規範に則《のっと》って、お返しに気持ちを示した。しかし、こうした出会いは——衝突と言って良いかもしれない——輝かしいと共に短かった。そのような勝利を手にした恋人が、一体なぜ横道へ逸《そ》れて、ずっと年上の女と長い時間を過ごしたがるのだろう？……こうした思案はポンド氏を自動人形に変えてしまい、彼は気づかぬうちに召使いたちの前を通り過ぎて、階段を上がり、フェヴァーシャム夫人を待つように言われた部屋へ入った。彼はそ

＊13　サラ・シドンズ（一七五五—一八三一）。英国の悲劇女優。

わそわして、一冊の古い、よれよれになった本を取り上げた。それはあの女優が学校生徒だった時からある本らしかった。見返しに、まさしく学校生徒の字で、「オリヴィア・マローン」と書いてあったからである。おそらく、この偉大なシェイクスピア女優は、彼《か》の偉大なシェイクスピア批評家[*14]の子孫だと主張しているのだろう。だが、ともかく、彼女はアイルランド人に違いない――少なくとも、家の言い伝えでは……

　薄暗い控えの間《ま》でみすぼらしい本の上に屈《かが》み込んでいると、彼の心に、静穏《しずか》で完全な理解の白光がサッと射し込んだ。この話に限っていえば、ポンド氏の最後の逆説だった。彼は十分な確信を得たが、それを言い表わす唯一の言葉は、神聖文字のような、人を面食らわせる簡潔さで、脳裡に素早く書き記されたのだった。

「恋にはけして時間は必要ない。しかし〝友情〟はつねに時間を必要とする。時間をもっと、もっと、もっと――真夜中をずっと過ぎるまで」

ガヘガンはジョーン・ヴァーニーへの熱愛を大っぴらに見せつけるような奇行をいくつかしたが、時間はほとんどかからなかった。ジョーンがボーンマスで教会から出て来たところに、パラシュートで降りて来た時、当然のことながら、落下は非常に速かった。サモアでもう三十分長く彼女といるために、何百ポンドもする帰りの切符を破いて捨てた時、時間は三十分延びただけだった。レアンドロス[*15]の真似をしてヘレスポントス海峡を泳いだのは、ヘーローときっかり三十五分だけ話をするためだった。しかし、恋とはそういうものだ。それは大いなる瞬間のものであって、瞬間の記憶に生きる。儚《はかな》い錯覚かもしれないが、あるいは永遠の存在であり、時間を超越しているかもしれない。しかし、友情は時間を食う。ガヘガンがもし本当の知的な友情を持っていたとすれば、その時は真夜中をずっと過ぎるまで話しつづけるだろう。そして、ガヘガンが人とそういう友情を結ぶとしたら、主としてシェイクスピアに関心を寄せるアイルランド人の女優ほど、格好の相手があるだろうか？　ちょうどそう考えていた時、自分を歓迎するオリヴィアの、豊かで微《かす》かにアイルランド訛《なまり》のある声が聞こえた。ポンド氏は考えが正しかったことを知った。

「御存知ありませんの？」お悔やみの言葉から話を巧くガヘガン大尉のことに持って行くと、未亡人は悲しげな微笑を浮かべて言った。「御存知ありませんの？　私たちアイルランド人には秘密の悪徳があるんです。それは〝詩〟と呼ばれるものです。あるいは、普通〝朗読〟と呼ばれていると言うべきかもしれません。それはこのイングランドのサロンでは警察に禁止されていて、それこそ最悪のアイルランド人虐待なんです。ロンドンに住む

＊14　アイルランドのシェイクスピア学者、エドモンド・マローン（一七四一－一八一二）のこと。

＊15　ギリシア神話の若者レアンドロスは、恋人ヘーローと会うためにヘレスポントス海峡を泳いで渡った。

人は、ダブリンでやるように、夜通し詩を朗読し合うことが許されておりません。可哀想なピーターはよくうちへ来て、朝までシェイクスピアの話をしましたけれど、とうとう追い出さなければなりませんでした。男の人が私を訪ねて来て、『ロミオとジュリエット』を全篇朗読しようとするなんて、冗談では済みません。でも、どういうことだったか、おわかりでしょう。イングランド人はあの可哀想な人にシェイクスピアを朗読させてくれませんのよ」

果たして、ポンド氏には事情がわかった。彼は人間のことを十分に知っていたので、男性は空が白《しら》むまで話し合える友達を、できれば女友達を持たねばならないのを知っていた。ダブリンの人間のことも知っていたので、悪魔だろうとダイナマイトだろうと、かれらが詩を朗読するのをやめさせることはできないのを知っていた。庭で彼を苦しめていた殺人に関する病的な思案の黒雲は、この強い、上機嫌なアイルランド女性の声を聞いたとたんに消え去った。だが、しばらくすると、雲はまた集まって来た——今度はもっと遠かったけれども。結局のところ、彼が前にも言ったように、誰かが気の毒なフレッド・フェヴァーシャムを殺したのだ。

フェヴァーシャムの妻が犯人ではないことを、ポンド氏も今は確信していた。ガヘガンでないことも、ほぼたしかだと思った。彼はその夜、この問題を何度も何度も思いめぐらしながら帰宅したが、不安は一夜で解消した。翌日《あくるひ》の新聞に、有名な「マスターズ、ルーク・アンド・マスターズ」事務所のルーク氏が不可解な自殺を遂げたという記事が載っていたからである。ポンド氏は坐ったまま、穏やかに自分をたしなめていた。わかりきった事実に思い到らなかったからだ。金を騙し取られたといって、年中人に噛みついている人間が、ある日、自分の弁護士に騙されていたことに気づく――そうしたことは十分あり得るではないか。フェヴァーシャムはそれを告げるために、あの真夜中、庭で会おうといってルークを呼び出したのだ。しかし、ルーク氏は自分の職業的地位を大事にする男だったから、フェヴァーシャム氏が他言するのを防ぐための措置《そち》をただちに取ったのである。

「考えると、本当に気分が悪くなる」ポンド氏は神妙に、身を震わせるようにして言った。「最後に会った時、あいつがすでに恐ろしく怯《おび》えているのがわかった。しかも、じつはね、私が怯えさせたんじゃないかという気がしてならないんだよ」

博士の意見が一致する時

ポンド氏の逆説はすこぶる特異なものだった。実際、逆説の法則にさえ逆説的に挑戦していた。逆説とは、「人目を惹くために頭で逆立ちした真理」と定義されている。これまで逆説を弁護する理由として言われて来たのは、数多くの流行《はやり》の謬説《びゅうせつ》が今もしっかりと足で立っているのは、逆立ちしようにも頭がないからだ、ということだった。しかし、作家も、他の物もらいや山師と同様、しばしば人目を惹こうとすることは認めねばならない。かれらは劇の一行に、あるいは文章の頭と尻尾に、この種の挑戦的な発言を目立つように掲げる。たとえば、バーナード・ショー氏が「黄金律とは黄金律などないことだ」と書いた時、またオスカー・ワイルドが「私は誘惑以外なら何にでも抵抗できる」と言った時、あるいは、もっと愚鈍なさる物書き（その名をこうした人々と並べるべきではなく、今は以前の悪徳の罪滅ぼしに、ポンド氏の美徳を讃えるという、いくらか立派な骨折り仕事をしている）が、趣味や、素人愛好家や、彼自身のような一般のうすのろを弁護して、「するに値することは、下手にするに値する」と言った時がそうである。作家はこういうはしたない真似も辞さないものなのだ。すると、批評家が、連中は「効果《うけ》を狙ってしゃべっている」と言い、作家が答える。「一体、それ以外の何を狙ってしゃべれば良いんだ？　うけないことか？」まことにみっともない景色である。

しかし、ポンド氏はもっと上品な世界に属していて、彼の逆説はまったく趣《おもむき》が違った。ポンド氏が頭で逆立ちする図を想像するのは、まるで不可能だった。しかし、彼が人目を惹こうとする図を想像するのも、頭で逆立ちするのを想像するのと同じくらい難しかった。彼は世間人としてはいとも物静かな人間だった。小柄な、身だしなみの良い公務員で、これといって目立つところといえば、顎鬚《あごひげ》だけだった。その鬚は古風なだけでなく、どことなく外国風で、あるいは少しフランス風だったかもしれない――もっとも、ポンド氏はイギリス人気質《かたぎ》という点にかけては人後に落ちなかったが。しかし、それを言えば、フランス人が体裁を重んずることはイギリス人よりはるかに上で、ポンド氏はある点で国際人だったが、体裁をとことん大事にしていた。もう一つ、彼の微《かす》かにフランス人めいたところは、むらのない細波《さざなみ》のような話し方、たった一つの母音にも引っかかることなく、軽やかに歩む平坦な口調だった。というのも、フランス人は平等の感覚を音節の平等にまで推し進めるからだ。彼はある時、この平均した流れるような言葉でウィーンの上流階級の噂話をしながら、一人の御婦人を楽しませていた。ところが五分後、その御婦人は真っ青な顔をして友達の中に戻り、あの温厚な小男は狂っているという衝撃的な秘密をささやいた。

彼の会話が変わっているのは、この点である。すなわち、よどみない分別の流れのまっただ中に、突如、無意味な戯言《たわごと》としか思われない単語が二つ三つ現われるのだ。まるで蓄音器の仕掛けがどこか突然壊れたかのようだった。語り手本人はその戯言にまったく気づかないように見えるので、時によると、聞いている方も、そのように自然な会話が意味をなしていないのに気づかない。だが、それに気づいた人には、ポンド氏はこんなことを言っているように思われるのだ――「当然のことながら、彼は脚がないので徒歩競走に勝ちました」とか、「何も飲み物がなかったので、みんなすぐ酔っ払いました」とか。大まかに言うと、二種類の人間が目を丸くしたり質問をしたりして、彼の言葉を遮った。ごく愚かな人間とごく利口な人間である。愚かな人間がそうするのは、かれらにとってチンプンカンプンな知的水準の話から、不条理なところだけが際立っているからだった。実際、そのこと自体、逆説に真理が含まれる一例だった。ポンド氏の会話のうちで、かれらに理解できる唯一の部分は、理解できない部分だったのである。一方、利口な人間が彼の話を遮るのは、こうした風変わりで簡潔な矛盾一つ一つの背後に、非常に風変わりな物語があることを知っていたからだった――ちょうど、今からお話しする風変わりな物語のように。

彼の友人ガヘガン、あの生姜《しょうが》色の髪の巨漢で、いささか不真面目なアイルランド人の洒落者《ダンディー》はこう言った――ポンドがこういう無意味な文句を差し挟むのは、聴き手が聴いているかどうかを確かめるためにすぎないと。ポンドはけしてそうだと言わなかったから、彼の動機は謎のままだった。しかし、ガヘガンは言うのだった――現代の知的な御婦人方のうちには、心は上《うわ》の空でいながら、熱心に聴いているような顔を語り手に向ける術だけしか学ばない人が大勢いる。「彼はインドにいたので、当然トロントを訪れました」といったささやかな文句が、何の故障《さわり》もなく片方の耳から入って片方の耳から出て行き、教養ある頭の中を掻き乱すことのないような連中が、と。

かくも温柔《おとな》しい語り手がこうした過激な挿入句を弄《もてあそ》ぶ真意を、私たちが初めて少しだけ知ったのは、ウォットン老がガヘガンやポンドたちを招いた、ささやかな晩餐会の席でだった。初めに申し上げておくと、ポンド氏は、フランス風の鬚は生やしていても、まことにイギリス人らしい習慣から、まわりの者に敬意を表して、自分は少し退屈でなければいけないと考えていた。友人のガヘガンとは違って、自分はああしたとかこうしたとか、多分に荒唐無稽な長話をするのは嫌いだった――もっとも、ガヘガンがそういう話をする時は喜んで聞いていたが。ポンド自身、じつに変わった体験をしていたけれども、それを長い物語にしようとしなかったので、短い物語として語るだけだったし、その短い物語はあまりにも短くて、意味が全然わからないのだった。ポンド氏のそういう話がいかに奇矯であるかを御説明するには、論理学の入門書にある図式のように、一番簡単な例から始めるのが一番良い。だから、その晩、ウォットン老の頭をすっかり混乱させた物語をまずお話しするとしよう。この短い物語はさらに短い文句に隠されていた。ウォットンは昔気質の外交官で、国際的になろうとするほど国粋的になるように見える人物だった。およそ軍国主義者ではなかったが、非常に軍人的だった。硬張《こわば》った灰色の口髭の下から直截簡明な言を発して、平和を保った。額よりも顎先が秀でていた。

「噂では」とウォットンは話していた。「ポーランド人とリトアニア人はヴィリニュス[*1]の問題について合意に達したそうだ。もちろん、こいつは古くからの諍《いさか》いだよ。どっちもどっちだと思うね」

「君は本当のイギリス人だね、ウォットン」とガヘガンが言った。「胸のうちじゃあ、『こいつら外国人はみんな同じだ』と言ってるんだ。我々はみんな君とは違うという意味なら、それはあたってる。イギリス人は地上の狂人だが、ほかの人間がみんな狂っていることを知ってるんだ。でも、我々だって、時には一人一人が少しずつ違うんだぜ。我々アイルランドの人間でさえ、一人一人違うことが知られている。それでも、君はローマ法王がボルシェヴィキを非難したり、フランス革命が神聖ローマ帝国を引き裂いたりするのを見ながら、胸のうちでやっぱりこう言うんだ。『トウィードルダムとトウィードルディーに違いなんてあるだろうか』とね」

＊1　リトアニアの首都。この地域はポーランド、リトアニア両国の国境をめぐる紛争地帯となった。

「違いはないよ」とポンドが言った。「トウィードルダムとトウィードルディーにはね。君も憶えているだろうが、かれらの意見が一致したことははっきり記録に残っている。しかし、何について意見が一致したのかを忘れないでくれたまえ」

ウォットンは少しまごついた顔をして、しまいに鼻を鳴らした。「ともかく、この連中の意見が一致したのなら、少しは平和になるだろうよ」

「意見の一致というのは、可怪《おか》しなものだ」とポンドが言った。「幸い、人は大概いつまでも意見が合わなくて、そのうち平和にベッドで死ぬんだ。人間の意見が十分に、最終的に一致することはめったにない。私の知っていた二人の男は、あまりにも完全な意見の一致に達したために、一方が自然の成り行きとしてもう一方を殺したが、一般には……」

「完全に一致したために、だって」ウォットンが考え込むように言った。「君が――君が言いたいのは、『完全に不一致だった』ということじゃないのかね?」

ガヘガンが低い声でふっと笑った。

「違うよ。そんな意味じゃないね。一体どういう意味で言ってるのかわからないが、ともかく、そんなまっとうな意味じゃないよ」

しかし、ウォットンは彼一流の大仰なやり方で、なおも語り手に食い下がり、責任のある陳述をさせようとした。結局、ポンド氏は言おうとしたことをしぶしぶ説明する羽目になり、我々もその話をすっかり聞いたのである。

この事件の初めの部分は、もう一つの事件と関わっていた。それはグラスゴーのジェイムズ・ハギス氏が殺された怪事件で、スコットランドとイングランドの新聞を騒がせたのも、そう遠い昔ではない。これは一見して妙な話だったが、輪をかけて妙な話の続きがあった。ハギスは名高い裕福な市民で、市の参事会員であり、教会の長老だった。彼がこうした立場に於《お》いても、時として不人気だったことは、誰も否定しなかった。しかし、公平に言って、ハギスはしばしば不人気な主義に忠実だった故に不人気だったのである。いかなるトーリー派よりも頑固で時代遅れな急進派だったし、理論上、経費節減と社会改革を主義としながら、ほとんどいかなる改革も、経費節減の必要を考えると費用がかかりすぎると仄《ほの》めかした。不況の時、キャンベル老博士が貧民街の伝染病を撲滅《ぼくめつ》しようと立派な運動を行うと、世人はこぞって支持したけれども、独りハギスだけが反対したのも、そういう理由からであった。しかし、彼の経済学から、貧しい子供たちがチフスで死んでゆくのをながめて喜ぶ悪魔だという結論を導き出すのは、おそらく極端な推論であったろう。同様に、彼は長老教会の評議会に於いて、カルヴィン派の論理に現代的な妥協を加えることを一切拒んで目立っていたけれども、隣人がみな生まれる前から地獄堕《お》ちと定められることを、現実に望んでいたと推論するのは、神学の理論をあまりにも個人的に解釈するものであろう。

一方、彼が仕事の上では正直で、妻と家族に誠実だったことは誰もが認めていた。だから、彼が通い慣れた礼拝所の隣の、陰気な小さい墓地の草叢《くさむら》で、心臓を刺されて発見された時、人々の故人への思いはたちまち同情に変わった。ハギス氏が、短剣で片をつけようとするロマンティックな高地地方《ハイランド》のいざこざに巻き込まれるとか、小剣《スティレット》で中断されるロマンティックな逢引をするなどとは想像もできなかったし、ナイフで刺された上、葬《ほうむ》られた死者たちの間に、葬られずに置いてゆかれるというのは、昔風のやや狭量なスコットランド商人であることへの罰としては、過酷にすぎると人々は感じていた。

　ポンド氏その人がたまたま出席していたささやかなパーティーの席でも、この殺人事件をめぐって盛んに議論がたたかわされた。主人役のグレノーキー卿は犯罪学の本を読むのが趣味だった。女主人役のグレノーキー卿夫人はそれよりも無害な趣味を有していて、探偵小説と呼ばれる、もっとずっと堅実で科学的な書物を愛読した。社交界新聞の記事によると、警察本部長のマクナブ氏と、法律家であることは探偵の真似をするよりもずっと退屈だと思っている、ロンドンの辣腕《らつわん》な法廷弁護士ランスロット・ブラウン氏も出席していた。それに出席者の中には、敬《うやま》うべくして敬われているキャンベル博士——この人が貧民のために行った活動には、すでに不十分ながら賛辞を呈してある——と、博士の若い友人でアンガスという青年がいた。博士はこの青年が医学の試験に受かり、科学者としての道をひらけるように受験勉強を指導し、また学問一般を教えているということだった。

責任を負う人々は、当然のことながら、無責任であることを愛する。出席者たちは全員、公に責任を問われることのない理論を内輪の席で言い散らして喜んだ。法廷弁護士は人情家だったから、自分が絞首刑にしなくとも良い誰かを訴追して喜んだ。犯罪学者は、狂人だと証明しろといわれても、けして証明できなかったであろう誰かの狂気を分析して悦《えつ》に入《い》った。グレノーキー卿夫人は、（人もあろうに）気の毒なハギス氏を扇情小説の主役と見なす機会を得て夢中になった。夫人ははしゃいで、この犯罪を長老教会連合の牧師の仕《し》業《わざ》にしようとした――その牧師は人も知る堕罪以後論者[*2]で、堕罪以前論者に短剣を突き立てたくなったのは自然な、いや、不可避なことだったというのである。グレノーキー卿は、それよりも退屈とは言わないが、もっと真剣な説を唱えた。犯罪学の書物から、この学問の一大発見――すなわち精神的・道徳的奇形は貧乏人だけに見られることを学んだ彼は、地元の共産主義者（みんな親指や耳がおかしな形をしている）の隠謀を疑い、当市のさる社会主義煽動家を思いつきで名指しした。アンガス氏は大胆にもこれに異を唱えた。彼が選んだのは、この土地にいることが知られている年老った前科者、ないし職業的犯罪者で、この男は社会主義の煽動家を除いて、ほとんどありとあらゆる由々《ゆゆ》しきものになったことがあった。やがて一同は、いささかの敬意を払いながら、一生涯慈善と善行に携《たずさ》わって来た白髪の賢い老医師に、この問題に関する意見を求めた。キャンベル博士はいろいろな点

＊2　神の善人選択はアダムの堕罪以後になされたという神学説を堕罪以後論という。

で、今よりもたぶん正直だった旧世界から出て来たように見えたが、その理由の一つは、スコットランド訛《なまり》でしゃべっただけでなく、スコットランド語をしゃべったという事実だった。従って、博士の言葉をここに再現する作業は容易ではなく、迷いつつ、恐れ謹《つつし》んで行われるであろう。

「なに、誰がジェイミー・ハギスを刺したかとおたずねになるのですかな？　最初にはっきり申し上げておくが、わしは誰がジェイミー・ハギスを刺したかなど、ちっとも知りたいと思わんのじゃ。知っていても、言いますまい。たしかに、まぎれもなき人道の味方にして貢献者たる人間が、名前も知れず、正当に讃《ほ》め称えられないのは、悲しむべきことじゃ。しかし、大聖堂を建てた大工や、オッターバーン＊3やサー・パトリック・スペンスのバラッド＊4を書いた立派な詩人たちのように、ジェイミー・ハギスを殺すという高潔な行いをした人間も、この世界では少しも個人的に讃められることはないじゃろう。ちっとばかり不便を蒙《こうむ》ることだって、あり得る。だから、わしは誰それということは言わん。ただ、こういう思慮分別と公共心のある人間をずっと探していたとだけ言っておこう」

一同は黙り込んだ。冗談を笑って良いのかどうかわからなくて戸惑う時の沈黙だった。しかし、誰も笑い出さないうちに、尊敬すべき指導者をじっと注視していたアンガス青年が、熱心な学生らしいひたむきな調子で言葉を発した。

「ですが、キャンベル博士、殺された人間の行動や意見が間違っていたからといって、殺人が正しいとおっしゃるのではないでしょう?」

「正しいとも。その人間の間違いが十分であればな」情深いキャンベル博士は物柔らかに言った。「結局のところ、ほかに善悪の判断基準《テスト》はないのじゃ。人々ノ安寧ハ上ナキ法 Salus populi suprema lex じゃ」[*5]

「十誡は判断基準《テスト》ではないのですか?」青年はやや興奮した顔つきでたずねた。赤い髪の毛が硬張った焔のように逆立ち、その顔つきを際立たせていた。

銀髪の社会学の聖者はいとも情深い微笑を浮かべて、相手を見つづけていたが、こう答えた時、その眼には奇妙な光があった。

「さよう。十誡は判断基準《テスト》じゃよ。我々医者が近頃〝知能検査《インテリジェンス・テスト》〟と呼んでいるものじゃ」

偶然か、それとも、グレノーキー卿夫人の直感が、この話題の真剣さに少し不安をおぼえたのかはわからない。ともかく、夫人はここで口を挟んだ。

＊3　イングランド北部の村。一三八八年に、ここでスコットランド軍がイングランド軍を打ち破った。このことは「オッターバーンの合戦」という有名なバラッドに歌われた。
＊4　王の命により、嵐の海に船出して沈む騎士の有名な物語。
＊5　キケロ『法律について』第三巻第三節からの引用。

「ねえ、キャンベル博士が犯人をおっしゃらないなら、みんな自分の考えを押し通すしかありませんわね。食事の途中に煙草を吸うのをお好きかどうか存じませんけれども、いかがですか？　私自身はこの流行に慣れることがどうしてもできませんの」

ここまで話した時、ポンド氏はいつになく苛立《いらだ》たしげな仕草をして、椅子の背に反《そ》りかえった。

「もちろん、連中はああするんだ」彼は少し癇癪《かんしゃく》を起こしたように言った。「ああすると人に讃められるし、気が利《き》くと思われるんだ」

「誰が何をすると、なんだね？」とウォットンが言った。「一体、今何のことを話してるんだ？」

「パーティーの女主人のことだよ」ポンド氏は苦々しげに言った。「御立派な女主人さ。本当に成功する女主人さ。連中は人の話に割り込んで来る。話はどこで中断してもかまわないという説にのっとってね。二人の人間が話なんかしたくない時に話をさせて、それが面白くなって来ると水をさすのが、優れた女主人の定義であるのと一緒さ。しかし、かれらは時々、ひどく致命的で恐ろしいことをしでかす。つまりね、再開する値打ちのない会話をやめさせるんだ。言語道断、まるで人殺しだ」

「でも、再開する値打ちのない会話なら、やめさせることがどうして言語道断なんだね？」律儀なウォットンはなおも懸命に話の筋を追って、たずねた。

「だからこそ、やめさせるのは言語道断なんだ」ポンドは礼儀正しい人間にしては、ぶっきら棒とも言える口調で答えた。「おしゃべりというものはたいそう軽くて、繊細で、そう言いたければ軽薄で、ともかく、たいそう脆《もろ》くて壊れやすいからこそ神聖でなければならない。その命を断ち切るのは人殺しよりも悪い——嬰児《えいじ》殺しだよ。生まれようとする赤ん坊を殺すのに似ている。死者の間から蘇《よみがえ》った者はいるが、おしゃべりはけして生き返らせることができない。優れた軽い会話は、バラバラにされたら、二度とつなぎ合わせることができない。破片が全部集められないからだ。ある時、トリフューシス邸で素晴らしいおしゃべりをしたのを憶えているよ。その話は、家の上で雷が鳴り、庭で猫が唸《うな》り、誰かが天変地異について下卑《げび》た冗談を言ったために始まった。それから、ここにいるガヘガンが、猫や天変地異や何かから、じつに素敵な説を思いついて、大陸のある政治問題について、素晴らしいおしゃべりを始めようとした」

「カタロニア問題だろう」とガヘガンが笑って言った。「でも、僕は自分の素敵な説をすっかり忘れちまったよ」

「私が言っているのは、まさにそこなんだ」ポンドは憂鬱そうに言った。「その話は、その時しか始めることができなかった。ふたたび始める値打ちがない故に、神聖であるべきだった。あの女主人はそいつを我々の頭から掃《は》き出してしまって、あとになってぬけぬけと言った——いつかべつの時にお話しくださいましねと。話せるものかね？　雲と契約して屋根の真上で切れてもらい、庭に猫を縛り上げて、然《しか》るべき瞬間に尻尾を引っぱり、ガヘガンにシャンペンをほどよく飲ませて、馬鹿らしくてもう忘れてしまった説が頭に浮かぶようにする——そんなことができるかね？　あの議論は、あの時でなければけして始められなかったんだが、それが止められたために、随分ひどい結果が生じた。しかし、それはまたべつの話だ」

「その話も今度聞かせておくれよ」とガヘガンは言った。「今はまだ、意見が一致したので他人《ひと》を殺したという男に興味があるけれどね」

「そうだ」ウォットンもうなずいた。「少し本題から逸《そ》れちゃあいないかね？」

「トリフューシス夫人もそう言った」ポンド氏は悲しげにつぶやいた。「どうやら、無駄な会話の神聖さをわかってもらえない人がいるようだね。しかし、もう一つの事に興味があるなら、すっかり話してもかまわんよ。ただし、どうやって一伍《いちぶ》一什《しじゅう》を知ったのかは、はっきり言いたくないんだがね。それはいささか内密の話で——告白というやつなんだ。あの気が利く女主人の話を合間に入れたのを赦してくれたまえ。これからする話と少し関係があって、一言《ひとこと》触れたのには理由があるんだ。

グレノーキー卿夫人はしごく冷静に、話題を殺人から煙草に切り替えた。誰もがまず感じたのは、十誡に関する非常に面白い言い争いを聞きそこねたということだった。それはほんの些細なことで、あまりにも軽く儚《はかな》いから、べつの時に思い出すこともなさそうだった。しかし、あとになってもう一つの些細なことが私の心に蘇ると、私はある殺人事件に注意を惹かれた。その些細なことがなかったら、そんな事件のことは、ド・クインシーが言うように、当初はろくろく考えなかったかもしれない。私は以前、『名士録』でグレノーキーの名前を見た時、サフォークのローストフトの近くに住む裕福な地主の娘と結婚した、と書いてあったのを思い出したんだ」

「ローストフト、サフォーク。曖昧なヒントだね」とガヘガンは言った。「その名前自体が、何か恐ろしくて疑わしい事実を指し示しているのかい？」

「それが示すのは」とポンドは言った。「グレノーキー卿夫人がスコットランド人ではないという恐ろしい事実だよ。彼女がもしサフォークの父親の家の食卓で煙草の話を持ち出したのだったら、十誡のように些細なことは、たちまちみんなの心と記憶から飛んで行ってしまっただろう。しかし、私がその時いたのはスコットランドで、物語はたった今始まったばかりなのだと私にはわかっていた。さっきも言ったが、キャンベル老はアンガス青年が医学の学位を取れるように受験勉強を指導していた。アンガスのような若者にとって、キャンベルに個人教授を受けることは大変な名誉だったが、キャンベルのような権威にとっても、アンガスを生徒に持つのは嬉しかったに違いない。彼はつねに勤勉で、志《こころざし》が高く、知的で、老人の自慢の種になりそうな生徒だったからだ。そして私が今話している時からあと、彼はますます勤勉で志が高くなったようだった。実際、人とのつきあいを絶《た》って、個人教師につききりになっていたから、試験に落ちたんだ。その事実が、私の推測が正しいことをまず初めに確信させた」

「それに、しごく明快だね」ガヘガンはニヤリと笑って言った。「個人教授と勉強をしすぎたので、試験に落ちたんだ。この話も敷衍《ふえん》してもらいたいと思う人がいるかもしれないね」

「じつは、ごく単純なことなのさ」ポンド氏は無邪気に言った。「しかし、それを敷衍するには、しばらくハギス氏殺害の謎に戻らなければいけない。すでにこの事件は近隣に一種の探偵熱を広げていた。スコットランド人はみんな議論が大好きだし、あれは中々魅惑的な謎だったからね。謎の一つの重要な点は、傷だった。初めのうちは短剣かある種の匕《あい》首《くち》でつけられたように思われたが、あとで専門家が調べたところ、それとは異なる、少々変わった形の刃物が必要だと判明した。その上、その地域ではナイフや匕首が徹底的に探されたし、高地地方《ハイランド》から来た荒っぽい若者は、短剣を持つことに歴史的な愛着があるかもしれないというので、誰も彼も一時疑いをかけられた。くだんの刃物は何か短剣よりも精巧な物であると、医学の権威は一致した意見を述べたが、医学の権威は誰もそれが何かを推測しようとさえしなかった。人々は手がかりを求めて、例の墓地と教会をたえまなく捜索した。ところで、例のアンガス青年はほかならぬこの教会の熱心な支持者だった。一度などは、教師であり友人でもある老人を夕べの礼拝に誘って、信徒の席に坐らせたこともあったんだが、ちょうどこの頃、パッタリとそこへ通うのをやめてしまった。教会には一切行かなくなったんだ。それで、私の考えがやはり本筋を辿《たど》っていることがわかった」

「ふうん」ウォットンがポカンとして言った。「それで、君の考えがやはり本筋を辿っているとわかったのか」

「僕には、どんな筋を辿っているとも思えなかったんだがね」とガヘガンは言った。「率直に言うと、ポンド、僕は今までにいろいろと筋もなければ目当《めあて》もない、とりとめのない話を聞いてきたが、中でも一番とりとめがないのは、たった今拝聴いたした話だと言わなければならんね。君は最初にこう言う——二人のスコットランド人が殺人の道義性に関する会話を始めて、それがけして終わらなかった、と。それから、社交界の女主人たちの弾劾演説に取りかかる。それから、その一人がローストフトの出身だという恐るべき事実を暴露する。それからスコットランド人の一人に話を戻して、個人教師と猛勉強したので試験にうからなかったと言う。それから、ちょっとひと休みして、未発見の匕首の特殊な形について云々《うんぬん》したあと、問題のスコットランド人が教会へ行くのをやめたから、自分の考えは本筋を辿っていると言う。正直なところ、君が無駄な会話を神聖なものだと思ってるなら、そちらの筋をちゃんと辿っていたと言えるだろうな」

「私が言ったことは」とポンド氏は辛抱強く言った。「現実に起こったこととちゃんと関連しているんだが、もちろん、君は現実に起こったことを知らないからね。物語というものは、現実に起こったことをさっぴいてしまうと、つねにとりとめのない無駄なものに思われる。だから、新聞はあんなにつまらないんだ。政治的なニュースのすべて、そして犯罪のニュース（こちらの方が、むしろ論調が高尚だが）の多くは、物語を語らないで物語を語る必要があるために、まるでわけのわからない、要領を得ないものになるんだ」

「それなら」とガヘガンは言った。「この無意味な戯言《たわごと》から何か意味を汲《く》み取るとしようよ。そいつは新聞の戯言だという言訳さえできないんだがね。君の無意味な発言の一つを判断基準にするなら、アンガスが個人教師と猛勉強したから落第したというのは、なぜなんだね？」

「個人教師と勉強しなかったからさ」とポンドはこたえた。「個人教師と勉強したとは言っていないからだよ。少なくとも、試験勉強をしたとは言わなかった。昼も夜も個人教師と一緒に過ごしたとは言ったが、試験の準備をしていたのではなかった」

「それじゃ、何をしていたんだ？」とウォットンが突《つ》っ慳貪《けんどん》にたずねた。

「例の議論をつづけていたんだ」ポンドはほとんど金切り声に近い声で叫んだ。「ほとんど寝食も忘れて、議論をつづけた。晩餐の席で邪魔された議論を、だ。君はスコットランド人というものを知らないのかね？　二人のスコットランド人が議論を始めたら、サフォーク出の女が煙草を出して、余計なことを言ったくらいで、やめさせられるとでも思うのかね？　あの二人は帽子とコートを受け取りながら、議論を蒸し返した。門から出て行った時は、猛烈にやり合っていた。その時二人がしていたことを描写できるのは、スコットランドの詩人だけだ。

　こっちはあっちとおうちに帰り、
　向こうはあっちとまた帰り。

「何時間も、何週間も、何カ月も、二人はキャンベル博士が最初に提示した命題を果てしなく論じつづけて、わき目もふらなかった。命題とはこうだ——悪人が社会のために実害となり、悪いことを大規模に行っていて、法によっても、他の行動によっても、制止することができない——このことを善人が真に確信している時、善人はくだんの悪人を殺害する道徳的な権利を有し、それによってただ己の善良さを増すのみである」

　ポンドはしばらく口を閉ざし、顎鬚を引っ張りながらテーブルをじっと睨んでいたが、やがてまた語りはじめた。

「すでに触れたが、説明していない理由によって——」

「そこが君の問題なんだ」ガヘガンがにこやかに言った。「触れたけれども説明していないことが、いつも山ほどある」

「そうした理由で」ポンドは悠然と語りつづけた。「私はたまたま、あの頑固で強烈な論争の経過について、多くのことを知っている。ほかの誰も、それについては何も知らなかったのだがね。というのも、アンガスは名を揚げるだけではなくて、魂を満足させたいと願う本当の真理の探求者だったし、キャンベルの方も、講義室の聴衆を納得させるのと同じ熱意で、生徒を納得させようとする偉人だったからだ。しかし、論争の経過について長々と述べるつもりはない。じつをいうと、私はこの論争に関して、いわゆる公正中立ではないんだ。何人《なんぴと》にもせよ、ある信念を抱く人間が、何らかの論争について公正中立であるなんて、そんなことがどうして可能なのかは、私の理解力を超えている。しかし、人はきっと、私にはその議論を公平に描写できないと言うだろう。なぜなら、私が共感を抱く側は、勝った側ではないからだ。

社交界の女主人たちは、ことにローストフトあたりの出身ときては、議論がどこに向かっているかを察しない。煉瓦だけじゃなく爆弾も落としておいて、*6爆発しないことを期待するんだ。ともかく、私はグレノーキー家の食卓での議論がどこに向かっているかを知っていた。アンガスが十誡を判断基準にし、キャンベルがそれは知能検査だと言った時、次に何が来るかわかっていた。もう一分もすれば、彼はきっと言い出すだろう——当節、知性のある人間は誰も十誡など気にしないと。

老人の雪のように白い髪と、父親らしい屈み腰は、何と人を欺《あざむ》くことだろう！　白髪以外に何の美徳も必要としなかった家長のことを、ディケンズがどこかに書いているよ。キヤンベル博士がテーブルごしにアンガスに微笑みかけた時、たいていの人はその微笑みのうちに、家長的で父親的な優しさしか見なかった。だが、私は偶然、その眼がキラリと光るのを見て、悟ったんだ——この老人は、無分別にも彼に挑戦した赤毛の少年と同じくらいの闘士だということを。実際、妙な具合に、私には老齢そのものが見せかけに思われて来た。白髪は白い鬘《かつら》となり、十八世紀の髪粉となった。その下にある笑顔はヴォルテールの顔だった。

アンドルー・グレンリオン・キャンベル博士は本物の博愛家だったが、ヴォルテールもそうだった。博愛主義が意味するのは人間たちへの愛なのか、人間への愛なのか、それとも人類への愛なのか、必ずしも明確でない。そこには違いがある。おそらく彼は社会や種族を思うほどには、個人のことを思わなかったんだろう。私的制裁行為を弁護するという少々変わった真似をしたのは、疑いなくそのせいだ。だが、いずれにしても、彼がヒュームからロス[*7]やロバートソン[*8]に至る、スコットランドの懐疑論者の厳然たる系統に属していることはわかった。この連中は、ほかにどういう面があるにしても、頑固で、自分の論点

＊6　「煉瓦を落とす」という言い回しには、まずいことを言うという意味がある。
＊7　ウィリアム・デヴィッド・ロス（一八七七—一九七一）のことか？
＊8　『ホッブズ』の著者ジョージ・クルーム・ロバートソン（一八四二—九二）。

にしがみつく。アンガスもやはり頑固で、すでに言った通り、死んだジェイムズ・ハギスと同じ陰気な教会の熱心な信者だった。すなわち、十七世紀の清教主義《ピューリタニズム》の極端な、妥協を知らぬ宗派の一員だった。そんなわけで、スコットランドの無神論者とスコットランドのカルヴァン派が議論して、議論して、議論して、もっと穏やかな人種が見たら、疲労のあまりバッタリ倒れて死んでしまいそうに思われるほどだった。しかし、二人の片方が死んだのは、意見が合わないためではなかった。

　ともあれ、攻撃で有利なのは、学識のある老人の方だったし、忘れないでもらいたいが、若者が弁護したのは、カルヴァン派の教義のうちでもやや偏狭で田舎臭いものにすぎなかった。さっきも言ったように、議論の中味を話して君らをうんざりさせるつもりはない。白状すると、私も少しうんざりしてるんだ。間違いなく、キャンベル博士はこう言ったろう――十誡は神が授けたものであるはずはない。なぜなら、そのうちの二つには〝第二王朝〟の高徳な伏羲《ふっき》帝も触れているからだ[*9]、と。あるいは、十誡の一つはサモトラケのシュネシウスが釈義していて、リュクルゴスの失われた法典に由来するとされている、などとね」

「サモトラケのシュネシウスって、誰なんだい？」ガヘガンは急に強い好奇心が湧いたように、たずねた。

「ミノス時代の神話上の人物だよ。紀元二十世紀に発見された」とポンドは落ち着いてこたえた。「私がたった今でっち上げたのさ。しかし、言わんとすることはわかるだろう――箱舟がアララト山にあったとか、山がマホメットに近づこうとしなかったとかいう同類の神話があるから、シナイ山は神話的な山だと証明するような論法だ。しかし、こういう本文批評も、本文だけを拠《よ》り所とする信仰には効き目がある。二人の闘いがどうなったかを私は知っていたし、いつ終わったかも知っていた。ロバート・アンガスが安息日に教会へ行かなくなった時、わかったんだ」

議論の大詰めは、もっと直接に描写するのが一番良いかもしれない。実際、ポンド氏自身も、不思議なことにその場にいたか、幻にでも見たかのような、奇妙な直截さでそれを描写したからである。ともあれ、意見の不一致と一致の最終局面は、医学校の手術室を舞台にしていたらしい。二人は夜更けて学校の門が閉まり、手術室に人がいなくなってから、そこへ戻った。アンガスはそこに道具を忘れて来たような気がして、きちんとしまっておいた方が良いと思ったからだった。がらんとした部屋は静まり返り、かれら自身の足音が谺《こだま》するだけだった。窓に引いたカーテンの隙間から洩れる仄かな月光のほかには、ほとんど明かりもなかった。アンガスは手術道具を見つけて、扇形に並んだ座席の間を上って行

＊9　スパルタの伝説的立法者。デルポイでアポロの神託を受け、それに従って法をつくったという。

く急な階段の方に引き返そうとしたが、その時、キャンベル博士がなにげなく言った――「アステカ人の聖歌についてわしが言った事実を調べるならな、そいつは――」

アンガスは剣を投げ出す人間のように道具を机の上に放り出すと、今までとうって変わった、率直な、きっぱりした態度で、連れの方をふり向いた。

「もう聖歌のことなんか気にする必要はありませんよ。僕はもうそんなものに用はないと言った方が良いでしょう。あなたは僕には手強《てごわ》すぎる――というより、真実は僕にとって手強すぎます。僕は自分の幼稚な悪夢を精一杯弁護して来ましたが、あなたのおかげでやっと目が醒めました。あなたは正しい。正しいに違いない。僕には逃げ道が見つかりません」

沈黙があり、そのあとにキャンベルは優しく答えた。「わしは真実のために闘ったことを謝りはせん。しかし、君も誤謬《ごびゅう》のために本当に良く闘ったわい」

年老いた冒瀆者《ぼうとく》がこの話題について、そんなに細《こま》やかな、敬意のこもった口調で話したことはかつてないくらいだったが、新しい改宗者がその訴えに反応しなかったのは奇妙だった。キャンベルは面を上げると、新しい改宗者が急にポカンとしているのに気づいた。青年は立ったまま、手に握った道具をじっと見つめていた。特殊な用途のため、変わった形に造られた外科用の手術刀だった。ついに彼はしわがれた、ほとんど聞きとれない声で言った。

「変わった形の手術刀ですね」

「ジェイムズ・ハギスの検屍報告を見るがいい」老人は情深くうなずいて、言った。「そうじゃ、もう察しがついたろう」それから、ちょっと間を置いて、同じように平然と言い足した。

「わしらはもう、こういう社会の外科手術について意見が一致し、一つ心になったのじゃから、ほんとのことを全部教えても良いじゃろう。そうとも、若者よ、わしがこの手でやったのじゃよ。ああいう刃物を使ってな。あの夜、君はわしを教会へ連れて行った――うむ、わしが偽善者めいたことをしたのは、あれが初めてだと思うがな。しかし、わしは祈るためにあとに残った。君はわしが改宗すると希望を持ったじゃろう。だが、わしが祈ったのはジェイミーが祈っておったからで、あいつが祈禱《きとう》を終えて立ち上がると、ついて行って、墓地で殺したんじゃ」

アンガスは依然無言で手術刀を見ていたが、唐突に言った。「なぜ殺したんです?」

「訊くまでもなかろう。わしらは道徳哲学の上で意見の一致を見たんじゃから」と老博士は簡潔にこたえた。「あれはただの簡単な外科手術であった。我々は胴体を救うために指を一本犠牲にする。そのように、国家を救うためには人間一人犠牲にしなければならん。わしがあいつを殺したのは、あいつが悪いことをしており、人類にとって善いことを、貧民窟と愛のための計画を、非人間的に邪魔していたからじゃ。君も、良く考えれば、同じ意見に達すると思うがな」

アンガスは不気味にうなずいた。

諺《ことわざ》に言う――「博士たちの意見が合わない時は、誰が決める？」と。しかし、その暗い不吉な博士の仕事部屋で、博士たちの意見は一致したのだ。

「ええ」とアンガスは言った。「僕も同じ見解を取ります。それに、同じ経験をしたんです」

「どういうことじゃね？」と相手はたずねた。

「僕が思うには、悪いことしかしない男と毎日つきあっていました」とアンガスは答えた。「今でも、あなたは悪いことをしていたと思います。たとえ、真理に奉仕していたとしてもです。あなたは僕の信ずることが夢だったと納得させましたが、夢見ることが目醒めることより悪いとは納得させませんでした。つつましい者の夢を無惨に破り、大事な人を失《な》くした者の弱々しい希望を冷笑しました。あなたにハギスが残酷で非人間的と見えたように、僕にはあなたが残酷で非人間的に見えます。あなたは、あなた御自身の基準によれば善人ですが、ハギスも彼の基準によれば善人でした。彼は善行による救済を信じるふりをしませんでしたが、それはあなたが十誡を信じるふりをしないのと同じことです。彼は個々人に対しては善良でしたが、社会は害を蒙りました。あなたは社会に対しては善良ですが、一個人が害を蒙りました。しかし、結局、あなたも一個人にすぎないんです」

ごく静かに言った最後の言葉に何かを感じて、老博士は急に身を硬張らせ、いきなり背後の階段に向かって行った。アンガスは山猫のように跳びかかり、息が止まるほどの力で、博士をその場に押さえつけた。なおもしゃべっていたが、今は大声を張り上げていた。

「来る日も来る日も、殺したくてムズムズしていた。あなたが今夜ぶち壊した迷信のために、我慢していただけなんだ。あなたは来る日も来る日も、僕のためらいを叩き壊していたが、そのためらいだけがあなたを死から守っていたんだ。あなたは賢い思想家だよ。周到な理論家だよ、この馬鹿め！　僕がまだ神を信じ、殺すなかれという神の戒めを信じていたなら、今夜、あなたはこんな目に遭わずに済んだろうよ」

老人は喉を絞められながら、無言で身体をよじったが、力が弱すぎた。アンガスは大きな音を立てて、彼を手術台の上に投げ出し、老人は気絶しかけているかのように、そこに横たわった。まわりに、そして頭上には、弱い寒々しい月光の中で、同心円上に並んだ空《から》っぽの坐席が微かに光り、まるで月下のコロセウムのように――「殺《や》られた！」と叫ぶ人間の声も聞こえない、無人の円形闘技場のように物寂しいながめだった。赤毛の殺害者は手術刀を持ち上げて立っており、その手術刀は、有史以前の犠牲《いけにえ》を殺す燧石《ひうちいし》の刀のように奇妙な形だった。アンガスはなおも狂った甲高《かんだか》い声でしゃべりつづけた。

「たった一つのことがあなたを護り、僕らの間に平和を保っていた。僕らの意見が違うということが。今、僕らの意見は一致し、今じゃ考えることも――することも同じだ。あなたがするようなことは、僕にもできる。あなたがやったことは、僕にもできる。僕らはもう仲間なんだ」

その言葉と共に、彼は一撃を加え、アンドルー・キャンベルは最後に身動きをした。己の冷たい神殿で、己の神なき祭壇で……ピクッと動いて、それから静かになった。殺人者は身を屈《かが》めて、その建物から、街から逃げ出し、夜の高地地方に渡って山中に身を隠した。

ポンドがこの話を語り終えると、ガヘガンはおもむろに立ち上がって、巨人のような身体を聳《そび》やかし、灰皿に葉巻の灰を落とした。

「僕はひそかに疑うんだが、ポンド」と彼は言った。「君の言うことは的外れに聞こえても、本当はそうでもないんじゃないかな。つまりね、ヨーロッパの情勢に関して最初にしていた話にも、そう無関係じゃない、ということだよ」

「トウィードルダムとトウィードルディーが合意した——戦争をするために」とポンドは言った。「我々はポーランド人だのプロシア人だの、そういう外国人が合意したといって、すぐに満足してしまう。何について合意したのかは、あまり気にもしない。しかし、意見の一致は中々危険でもあり得るんだ。真実との一致でない限りは」

ウォットンはいまだ疑念がくすぶっているという顔でポンド氏を見たが、しまいにそんなものは形而上学にすぎないと結論して、ほっと安堵の嘆息《ためいき》をついた。

ポンドのパンタルーン

「いや、いや、違うよ」ポンド氏は自分の言葉や議論の散文的な正確さに疑いがかけられると、時々声を少しばかり甲高《かんだか》くするのだったが、この時もそんな調子で言った。「赤鉛筆で、だからそういう黒いしるしもつけられたんだ、なんて言ってないよ。私はね、青鉛筆だったというウォットンの意見に対して、比較的赤い鉛筆だと、あるいは赤い鉛筆に似ていたと言ったんだ。それだから、そういう黒いしるしがつけられたんだとね。小さな違いに思われるかもしれないが、いいかね、人の言葉を文脈から切り離して、しかも正確に述べないという癖からは、途方もない誤りが生ずるんだよ。ごく普通のわかりきった真実でも、そんなふうに伝えられると、ほとんど不条理に聞こえることもある」

「ほとんど?」ガヘガン大尉は重々しくうなずいて、真向かいにいる小男を、まるで水槽にいる謎めいた怪物を見るかのように見つめながら、言った。

ポンド氏は政府官庁という蜂の巣の中の、彼専用の水槽ないし専用の事務所にいて、机に向かい、公式報告書の校正刷に青鉛筆を入れる作業に忙しかった。鉛筆の色に関する話は、そこから出たのだ。つまり、ポンドはふだん通り、午前中の仕事をしていたのである。ピーター・ガヘガンもまたふだん通り、何もしていなかった。椅子にもたれかかっていたが、その椅子は彼の巨体には小さすぎるように見えた。ガヘガンはポンド氏が好きだったし、他人《ひと》が働くのを見るのは、もっと好きだった。

「私はポローニアス[*1]に似ているかもしれない」とポンドは謙虚に言った。実際、彼の古風な顎鬚《あごひげ》や、梟《ふくろう》のような表情や、お役所風の丁重さはこの比較をほとんど適切なものにしていた。「ポローニアスに似ているかもしれないが、ポローニアスではない——説明したいのは、まさにその点なんだ。ハムレットは、空に浮かぶ雲が駱駝《らくだ》に似ているとポローニアスに言った。もしハムレットが真剣に、科学的に、空に駱駝を見たと言ったのなら、印象は少し違っただろう。その場合、王子の狂気が完全に証明されたとポローニアスが考えたとしても、赦《ゆる》されよう。怒りっぽい役人たちはね、ガヘガン君、君が水牛のようにこの事務所へ入り込んで、流行遅れの詩人が言うように、『長き夏の日をひねもす転げまわって』いるという見解を表明している。しかし、もし動物園の職員たちが、君が本当に水牛だという理由で、つかまえに人をよこしたとしても、こちらの局ではさらなる調査をしない限り、その件で動きはしないだろう」

「君はきっと、僕の一件書類を持ってるんだろうね」とガヘガンは言った。「僕の角《つの》はもちろん、脚の数についても、公式な算定と統計が載ってるやつを。全部赤と青の鉛筆で但し書きがついていて——さだめし僕の名前のところには真っ黒いしるし[*2]がついてるんだ。しかし、それで思い出すのは、僕がただただ不思議に思った最初の話だよ。君は自分の言ってることのどこが変なのか気づいていないらしい。ともかく、鉛筆が比較的赤いという意味がちっともわからない……」

「その文句だって弁護できるよ」ポンド氏は微《かす》かに微笑んで言った。「たとえば、この校正刷りに書き込んだ私の字は、青鉛筆で書いてあると君は言うだろう。しかし——」彼は赤いチョークの芯《しん》を相手に向けて、鉛筆を取り上げた。ちょっとした手品のようにそれをくるっと回すと、たいていの文具屋で売っている、一方の端が赤で、もう一方の端が青の鉛筆であることがわかった。「さて、仮に私が青い芯を、ほとんどなくなるまで使い減らすとしたまえ（実際、連中はバルチスタン[*3]の複本位制に関する報告書一つの中で、信じられないほどたくさん誤植をするんだ）、そうすれば、君はこの鉛筆が比較的赤いと——もっとも、まだどちらかといえば青いけれども——言うだろう。もし赤い方の端が減ってなくなったら、少し赤いけれども、おおむね青だと言うだろう」

＊1　『ハムレット』に登場する廷臣。
＊2　黒いしるしは要注意人物を意味する。
＊3　旧英領インド北西部の一州。

「そんなこと、言うものか」ガヘガンは急に苛立《いらだ》って、大声を上げた。「僕は前と同じことを言うだろうよ。君の変なところは、自分の発言のどこがおかしいかに全然気づかないことだ、とね。君は自分が逆説を言っているのがわからない。自分の言うことの要点がわからないんだ」

「私が言うことの要点は」ポンド氏は威厳を持って言った。「十分明らかにしたと思うがね。それは、駱駝と『駱駝のようなもの』の場合のように、人が陳述をはなはだ不正確に伝えるということだったよ」

ピーター・ガヘガンは、食べた物を反芻《はんすう》している水牛のように、目を丸くして友人を睨みつづけたが、やがてのっそり立ち上がると、ガタガタ音を立てて、灰色の山高帽とステッキを手に取った。

「いや」と彼は言った。「要点を指摘するのはやめておこう。水晶を割ったり、真ん丸なシャボン玉を壊したりするようなものだ。純粋にして玉のごとき君の狂った落ち着きぶりに穴を開けるのは、子供の無垢な心を侵《おか》すようなものだ。もし君が意味をなさないことを言っているのに、それがわからないなら――一体どの部分が意味をなさないかにも気づかないなら――意味をなさない君の知性はそのままにしておかなければいけない気がする。その話はウォットンのところへ行って、しよう。自分でもよく楽しそうにそう言ってるが、あの男には意味をなさないところなんてないからね」

ガヘガンはそう言って部屋を出て行き、ステッキを振りまわしながら、サー・ヒューバート・ウォットンが統轄《とうかつ》する重要な局の方へぶらぶらと歩いて行った。もう一人の友達が閑人《ひまじん》に邪魔されながら、その日の仕事をする感動的な光景を楽しむためであった。

しかしながら、サー・ヒューバート・ウォットンはポンド氏とは少し違うタイプの人間で、たとえ忙しくとも、けして騒ぎ立てなかった。ポンド氏は青鉛筆の尖った先端《さき》を宙にピタリと止めて、その上に屈《かが》み込んでいたが、サー・ヒューバートの姿は最初、赤い火のついた葉巻の向こうに見えた。葉巻を吹かしながら、眉を顰《ひそ》めて考え込み、机の上の書類をめくっていた。大尉がニコニコしながら入って来るのを認めると、いかめしいが不躾《ぶしつけ》ではない微笑を浮かべ、手を振って椅子を勧めた。

ガヘガンは腰かけながら、ステッキの上に両手を組み、そのステッキで床をトンと突いた。

「ウォットン」と彼は言った。「ポンドの逆説の問題を解決したぜ。彼はああいう突拍子もないことを言いながら、それがわからないんだ。彼の素晴らしい頭脳には盲点がある。あるいは一時《いっとき》、心に雲がかかって、変わったことを言ったことさえ忘れてしまう。彼は自分の言葉の合理的な部分について論じつづける。立ちどまって、不合理な唯一のことを説明したりはしない。彼はごくまっとうに鉛筆の話をした。その鉛筆は鮮やかな赤か、何かそんな色で、それ故に、紙に真っ黒いしるしが書けるというんだ。その辻褄《つじつま》の合わない話をちゃんと説明させようとしたんだが、完全にはぐらかされてしまった。彼は青鉛筆が青鉛筆じゃない時のことをしゃべりつづけたが、黒いしるしのことはなぜかすっかり忘れてしまったんだ」

「黒いしるしだって！」ウォットンはそう言って、いきなり身を起こしたため、いつも汚点《しみ》一つないチョッキに葉巻の灰をこぼしてしまった。彼は眉を顰め、汚れを払い落とした。それから、少し間を置いて、あの直截簡明な口調でしゃべりはじめたが、その口ぶりからは、彼が見かけほど型に嵌《は》まった人間ではないことが時として窺《うかが》われた。

「逆説を言う人間はたいてい、人目を惹こうとしているだけだ。ポンドはそうじゃない。彼が逆説を言うのは、人目を惹かないためなんだ。いいかね――あの男は年中坐ってばかりいる、学者肌のおチビさんに見えるだろう。まるで机やタイプライターから取り外されたことがないようにね。だがじつは、随分と変わった経験をしてるんだ。そういうことは話さないし、話したがらない。理性や、哲学や、書物《ほん》に書いてある理論的なことを話したがる。知っての通り、彼は理性的な十八世紀文学を読むのが大好きだ。ところが、抽象的な話をしている際中に、自分がやった何か具体的なことに話が及ぶと――うむ、そいつをもみくちゃにしてしまう、とでも言うしかないね。話を小さい空間に押し込めようとするから、矛盾のようにしか聞こえないんだ。ああいう正気の沙汰とは思えんような言葉のほとんどすべてが、一つの冒険を表徴《あらわ》しているんだよ。たいていの人間は、あの男の人生を冒険のない人生と呼ぶだろうがね」

「わかるような気がする」ガヘガンはちょっと嬉しそうに考え込んでから、言った。「そうだ、君は正しい。言っておくが、僕は君たちイングランドの寄宿学校出の人間がものに無頓着なふりをしたって、めったに騙されやしないんだ。連中はおおむね、見せびらかさないことによって見せびらかしているにすぎない。でも、ポンドの場合は本物だね。彼は本当に舞台の脚光が大嫌いだ。その点、諜報部にはうってつけと言えるね。それで、君の話によると、ポンドがこんなふうに人を煙に巻くのは、公務の秘密を守りたい時なんだ。言い換えれば、ポンドの逆説すべての裏に一つの物語があるということだね。たしかに、その通りだ——僕が物語を聞かせてもらった時は、いつもそうだった」

「私もこの物語については一伍《いちぶ》一什《しじゆう》を知っている」とウォットンは言った。「あれはポンドがしたことのうちでも、もっとも特筆すべきことの一つだった。この上なく重大な事柄でね——ごく内密にしておかねばならない類《たぐい》の、公の問題だった。ポンドは二つの忠告をして、それを変だと考える者もいたが、まことに正しかったことがあとでわかった。しまいに彼はちょっと尋常じゃない発見をしたんだ。どうして今頃そんなことを口にしたのか知らないが、たぶん偶然だったんだろうな。前にその話が出た時、ポンドは慌ててそれを引っ込めて、話題を変えようとしたよ。しかし、彼は間違いなくイギリスを救ったんだ。それに、危うく殺されるところだった」

「何だって！」ガヘガンはびっくりして、叫んだ。

「あいつはポンドを狙って五発は発砲したに違いない」ウォットンは思い出話をするように言った。「そのあと、六発目で自分を撃ったんだが」

「これはしたり」大尉は優雅に言った。「ポンドといえば、お茶の間の喜劇のうちでも一番素敵なものだとばかり思っていた。メロドラマに出ているとは知らなかったな。お伽《とぎ》話《ばなし》のパントマイムに出るのと同じくらいの驚きだよ。でも、目下のところ、あの男はなぜか芝居に関係があるみたいだね。自分でもポローニアスに似ていないかと訊いたが、思うに、意地悪な連中はむしろパンタルーン*4に似てると言うだろう。君とポンドが魔法でクリスマスのパントマイムに出て来たら、さぞかし面白いだろうな――『ハーレクイン・ヒューバートと妖精の池《ポンド》』――すべて本当のハーレクイン芝居で終わって、赤い火が燃えて、パンタルーンが警官と喧嘩するんだ。意味のないおしゃべりをしてすまないね――知っての通り、僕の不幸な精神《こころ》は、あり得ないことについてだけ創意が豊かになるんだ」

「君があり得ないという言葉を使うとは妙だな」サー・ヒューバート・ウォットンは眉根を寄せて、言った。「なぜかというと、それこそまさに我々の身に起こったことなんだよ」

サー・ヒューバート・ウォットンは、この物語のうちでも公務に関わる点については口が重く、わざと曖昧な物言いをした。もう何年も前のことを親しい友達に話すというのに、である。英国では特にそうだが、世の中には、けして新聞に載らないし、歴史の本にも書かれることのなさそうな重大事件がある。ここではこれだけ言っておけば十分だろう――ある時、クーデターを企む陰謀が、表沙汰にはならなかったが、もう少しで世間に知れそうになった。その陰謀を応援していたのは、似たような傾向のある大陸の勢力だった。鉄砲火薬の密輸入や、秘密訓練や、政府文書を盗む計画などがそれに関わっていて、一定数の下級官吏が一味に買収されたか、引き入れられたおそれがあった。それ故に、厳重な機密を要するある公文書（その性質について、ウォットンは最後まで口を濁《にご》した）を、北の大きな港からロンドンの政府部局へ送ることになった時、最初の会議はごく小人数の選ばれた面々で行われ、サー・ヒューバートが主宰して、ポンド氏の小さい事務室で開かれた。じつは、ポンド氏がその仕事を受け持つ係官だったのである。ほかにただ一人、ずっと顔を出していた人物は、スコットランド・ヤードから真っ先に派遣された係官の一人だった。ウォットンはいくつかの事を手配し、説明させるために事務官を連れて来ていたが、やがて口実をつくって、その男を使いにやった。スコットランド・ヤードから来た探偵のダイヤーは、肩のがっしりした、しっかり者の男で、歯ブラシのような口髭を生やしており、

＊4　パントマイムの一部をなすハーレクイン芝居の登場人物。コロンバインの父親で、彼女とハーレクインの恋路を邪魔する。

書類を目的地へ安全に運ぶためにはこれこれの用心や支度が必要であろうと、少し機械的かもしれないが、理路整然と説明した。機関銃つきの装甲車、武器を隠し持った一定の人員、また箱か小包みを最初に発送し、最後に受け取る関係者すべてを警察が調査することなど——その種の条件をさらにいくつも求めていた。

「それでは出費が嵩《かさ》みすぎるとポンドは考えるだろう」ウォットンは苦笑して、言った。「節約と経費削減に関しては、ポンドは根っからの自由党だからな。しかし、今回の件では、特別な配慮を示さねばならないことに異存はあるまい」

「いいや」ポンド氏は疑わしげに唇《くち》をとがらせて言った。「今回の件で、特別な配慮を示すべきだとは思わないね」

「特別な配慮を示さないだって！」ウォットンがびっくりして繰り返した。

「そんなものは断じて示すべきではない」とポンド氏は言った。「こういう場合、分別のある人間なら、誰もそんな特別な用心はしないよ。大事な手紙を書留で送らないようにね」

「呑み込みが悪くてすまないが」とサー・ヒューバートは言った。「現実に、大事な手紙を書留郵便で送る人がいると聞いているがね」

「そうする場合もあるだろう」ポンド氏は微かに非難めいた口調で言った。「だが、それは手紙がなくなるのを防ごうとする場合だ。ちょうど今君たちが、手紙が見つかるのを防ごうとしているように」

「いささか興味深いお話ですな」ダイヤーが可笑《おか》しがって、しかし、笑いを抑えながら言った。

「わかりませんか？　単純なことです」とポンドが答えた。「文書が排水溝《どぶ》に落ちたり、ごみ箱に投げ込まれたり、焚《た》きつけや鳥の巣造りに使われるといった不注意な事故が起こるのを避けたいなら、その時は、判を押したり、封印をしたり、何か特別なやり方で保護するのも良いでしょう。しかし、もしも誰かがその文書を追跡して、見つけ出し、暴力か計略によって奪い取るのを防ぎたいのだったら、その場合、特別なやり方でしるしをつけるのは、この世で最悪のことです。たとえば、書留は、配達人が途中で殴り倒されたり、ポケットを掏《す》られたりしないということを意味しません。それが意味し得るのは、配達人か局が責任を問われる――謝罪か弁償をするかもしれない、ということだけです。しかし、あなた方は謝罪も弁償も求めない。必要なのは手紙なんです。もし、それにしるしをしないで、外見がまったく同じような千通の手紙と一緒に送ったら、こちらの様子を窺っている敵からは、はるかに安全だろうと言いたいのです」

ポンドの逆説が聞き入れられたことは、一見でくの坊のように見えるウォットンとダイヤーの本質的な賢さを示す証拠である。しかしながら、書類は嵩張るため、普通の手紙のようには扱えなかったので、相談の末、たくさんの白い木箱の一つに収められた。箱は軽くて、さほど大きくはなく、チョコレートなどの食糧を陸海軍や官庁の部局へ送るために、広く使われていた。初めの計画の中で、しっかり者のダイヤーが主張しつづけた唯一の部分は、輸送路の要所要所に警備員と検査官を置くことだった。「どうせ、あとで埒《らち》もない大騒ぎになるんでしょうな」とダイヤーは言った。「世間の連中は、臣民の自由を侵害したといって、我々をうるさく悩ませるでしょう。このろくでもない立憲国家じゃ、我々は不利な立場にあります。これがもしも——」

彼はやや唐突に口を閉じた。扉を行儀良くノックする音がして、サー・ヒューバートの事務官が、任務を遂行したと言いに部屋へ滑り込んで来たからだ。サー・ヒューバートは初めのうち彼を見ないで、眉を顰《ひそ》め、辿るべき道筋の鉄道路線図をじっと睨んでいた。ダイヤーはその時たまたま、見本として選ばれて提出された白い樅《もみ》板の箱を仔細《しさい》に調べていた。しかし、ポンド氏は事務官に注目して、この男はいささか注目に値すると思わずにいられなかった。フランクスという青年で、金髪をきちんと撫でつけ、身体つきも服装も小ざっぱりしていたが、横幅の広い顔には、世間で時折見かける、あの何とも形容し難い相貌があった。それに関して言えるのは、小人の小さな身体にのった大きな頭や、せむしの肩の間にめり込んだ頭を連想させるといったことくらいである。その顔は、たとえ普通の身体の上にのっていても、普通ではない。しかし、ポンド氏の目をしばし惹きつけた別の理由は、第一に、この事務官が黙って上役に書類を渡す時、明らかにそわそわしていたこと――そして、最後になるが、スコットランド・ヤードから来た探偵を見た時、ハッと驚く様子が見えたことだった。

二度目の会議――そう呼んで差しつかえなければ――は、この工作全体の戦略的中心だと一同が認める場所、すなわち、中部地方のある鉄道連絡駅で開かれた。箱入りの貨物はここで、郵便物の袋などと共に、同じプラットホームにあとから入って来る、べつの汽車に移されることになっていた。外部からの干渉があるとすれば、この地点で行われる可能性が一番高い。そこで、ダイヤーは英国憲法としぶしぶ妥協したとはいっても、いくつかの点を拡大解釈して、融通を利かせたようである。すなわち、駅に出入りしようとする人物を制止し、拘引ないし取り調べをするよう警察に命じたのだ。

「たとえ、この我々でも、みっちり調査した上でなければ駅から出すな、と部下に言いつけておきました」とダイヤーは言った。「誰かがひょっとポンドさんに変装することでも思いつくといけませんからな」

「変装とはお祭のようですな。クリスマスも近いですし」とポンド氏は憂わしげに言った。「それでは、さしあたって、我々もこの駅にいなければならんのですな。しかし、ここはあまりお祭気分のする場所とは申せませんね」

実際、寂しい冬の日の、空《から》っぽな鉄道駅に数多く並んでいるプラットホームの一つほど物わびしく見えるものは、まずないだろう。あるとすれば、人が冬の烈風から逃れる避難所として設けられた、空っぽな三等待合室くらいのものだ。しかし、なぜかこの待合室は、人がそこから避難して来るプラットホームよりも非人間的に見える。そこには、誰にもけして読めない印刷された貼り紙が二、三と、時刻表や埃《ほこり》まみれの鉄道路線図が掛かっており、一方の片隅に、誰もそれでは字が書けない壊れたペンと、字を書こうにもインクの入っていない乾いたインクスタンドが備えつけてある。一個所、壁に冴えない色を塗りつけたようになっているのは、保険会社の色褪せた広告だ。まことに、そこは無頓着な人間が見ても、クリスマスのいっときを過ごすにはあまりにもなさけない場所に思われたが、ポンド氏はそんな状況でも、悟りを開いたように朗らかだった。これは、彼が心地良い家庭的な日課を猫のように愛することしか知らなかった者を驚かせたのである。

彼はこの空っぽの殺風景な部屋にキビキビした足取りで入って来ると、ふと立ちどまって、隅のテーブルの乾いたインクと壊れたペンを、何か考え込むようにじっと見つめた。

「よし」とふり返って、言った。「これじゃあ、いずれにしても大した役には立たんな。だが、もちろん、連中は鉛筆か万年筆を持っているかもしれない。やはり、ああしておいて良かったよ」

「ポンド」ウォットンが重々しく言った。「これはともかく、君の局の担当だし、今まで君の忠告に従って来て良かったことは、ダイヤー君も認めるだろう。しかし、君が何をしておいたのかについて少し好奇心を持っても、かまうまいね」

「かまわんとも」とポンドはこたえた。「もっと早くそれを言っておくべきだったかもしれない。あるいは、もっと早くするべきだったんだろうな。あの書類をほかの物と一緒に普通の箱に入れて送るという点では、君たちは私のやり方を許してくれた。そのあとすぐ私は坐り込んで、とっくりと考えたんだ――次にするべき最善のそなえは何だろうとね。もし武装した男たちがあれを特別車で運んだら、車は滅茶滅茶にされて、武装した男たちも、たぶん力ずくで書類を奪われただろうと確信している。ともかく、そいつは危険すぎた。普通の人間には思いもよらないほど手の込んだギャング組織が、我々の敵として、すでに動きはじめている。買い物や準備を倍増すれば、向こうのスパイが追いかける手がかりや取引を倍増させることになる。しかし、ギャングがここに入って来られるとは思えない。ことに今は、警察が駅という駅の門を要塞のようにかためているからね。一人二人の人間で立ち向かうことはできないだろう。しかし、たった一人の人間に何ができるだろう?」

「ふむ」ウォットンがいささか焦《じ》れったそうに言った。「何ができるんだね?」

「さっきも言った通り」ポンド氏は落ち着いて語りつづけた。「私は坐り込んで、よく考えた。もしもスパイか、ひょっと舞い込んで来た闖入《ちんにゅう》者が例の箱を見分けられたとしたら、戦闘だの、人殺しだの、突然死だのといった騒ぎを起こさない、静かなやり方で何ができるだろうか、と。それで、私は駅の電話で本部に電話をかけた。宛先が変更されたと思われる箱や小包は――宛先に線を引いて消してあったり、書き直したりしてあるものは――郵便と運送の当局が全部差しとめるように手配してもらったんだ。敵はたった一人でも、ちょっとした隙《すき》を見つけて、箱の送り先をロンドンにいる仲間宛に書き替えるくらいはできるかもしれない。箱を駅から持ち出そうとすれば、必ず検査されるだろうがね。私がしたのは、そういうことなんだ。このオンボロなペン挿しを見て、それを思い出したのさ。

君も言うように、ここはクリスマスを過ごす場所としては、随分オンボロな場所だね。暖炉があるだけ待合室にしては豪盛だが、あの火は何だか気が滅入《めい》って消えかけているようだ。それも不思議はないよ」

彼は生活の快適さを求めるふだんの本能によって、放っておかれた火を搔き起こし、頼もしい焔を燃え立たせた。それから、こう言い足した。「私がやった二つ目のそなえに、不承知でなければ良いんだがね」

「いや。それもじつに賢明なそなえだと思う。もっとも、誰かが正しい箱を見分けられる可能性は、まぐれにしてもないと思うが」ヒューバート・ウォットンは勢いを取り戻した焔と踊る火花に向かって、一瞬眉を顰め、それから憂鬱そうに言った。「クリスマスなら、そろそろパントマイムを観に行く頃だ。さもなけりゃ、映画《ピクチュア》を」

ポンド氏はうなずいた。突然、放心の発作に襲われたようだったが、やがてこう言った。

「時々思うんだがね、映画《ピクチユア》という言葉が、フィルムの上の画像じゃなくて、火の中の映像を意味した昔の方が良かったんじゃないだろうか」

サー・ヒューバート・ウォットンはぶっきら棒に一般論でこたえた――三等待合室の薄汚い暖炉の火に、映像など見たくはないものだ、と。

「火の描く映像は雲の映像と同じで」とポンド氏は語りつづけた。「ほどほどに不完全だから、想像力を呼び出して完成させる。それに」彼は楽しそうに火を掻きながら、言い足した。「石炭に火掻き棒を突っ込めば、壊してべつの映像にすることもできる。ところが、映画スターの顔が気に入らないといって、スクリーンに大きな竿《さお》を突っ込んだら、厄介千万なことになる」

この空想豊かな一幕の間に、ダイヤーはプラットホームに出たが、この時、しごく実際的な報せを持って戻って来た。迷路のような連絡駅のトンネルをいくつも探索し、プラットホームをいくつも渉《あさ》りまわった結果、遠くの方に軽食堂があって、昼食らしきものを食べられることを発見したのである。この一件に関わる三人の係官にとって、昼食は口には出さないが、共通の問題だった。

「私はこのプラットホームにおります」とダイヤーは言った。「必要とあらば一晩中でも、このプラットホームにおりますよ。それが私の仕事ですからな。だが、あなた方は先にお昼を食べに行ってください。私もあとで食べられたら、食べます。汽車のことは御心配なく。そちらは手筈を整えましたし、とにかく、危険があるかもしれない唯一の瞬間には私が立ち会いますから」

しかし、彼の言葉の終わりの方は、最初の汽車が近づいて来る振動と騒音にほとんど掻き消された。郵便袋や箱や小包が然《しか》るべくプラットホームに取り出されるのを全員で見とどけると、規則正しい生活をしているウォットンは、もう腹が少し空《す》いて来たから、ダイヤーの勧めるままに食べ物を探しに行った。ウォットンとポンドはいささか貧弱な昼食を然るべき速さでかっ込んだが、それでも、自分たちが初めにいたプラットホームが見えて来ると、歩みを速めなければならなかった。第二の汽車とおぼしい汽車が動き出して、蒸気を吐きながら駅を出ようとしていたからである。仲間のもとへ戻った時、プラットホームはすでに空っぽだった。

「無事です」ダイヤーは満足げに言った。「箱も何もすべて貨車に積み込まれるのを、この目で見とどけました。ここで貨物に手を出す者はいませんでした。厄介事は大方《おおかた》終わりましたよ。私もちょっと昼飯を食べて来てもかまわんでしょう」

彼はおめでとうと言いたげに両手をこすり合わせながら、二人にニヤッと笑いかけた。ダイヤーが地下道の方へ歩いて行くと、二人はまたふり返って、がらんとした煙たい待合室に向かった。

「我々がここにいても、もうすることはなさそうだ」とウォットンが言った。「あの厄体《やくたい》もない掘立小屋の寒さが、ますます身にしみるなあ」

「私としては、クリスマスの大手柄だと思うね」ポンド氏は相変わらず朗らかに言った。「ともかく、暖炉の火を燃やし続けられたのはね……おや、雪が降って来たようだ」

二人はしばらく前から気づいていたが、冬の短い日は暮れようとして、もう暗くなって来た空に、重い雪雲の下にしばしば見える不気味な緑色がかった光があった。行けどもゆけども果てしがないプラットホームを歩いていると、雪がちらほら降りはじめて、飾り気のない待合室に着いた頃には、そこの屋根にも戸口にも銀色の雪がうっすらと積もっていた。中では火がかっかと燃えていた。ダイヤーが暖をとっていたらしい。

「何ともかとも奇妙だが」とウォットンが言った。「この一件全体がクリスマス・カードみたいに思えて来たよ。この陰気な待合室《サル・ダタント》も、もうじきパントマイムに出て来るサンタクロースの小屋のパロディーになるだろう」

「この事件全体がパントマイムのパロディーのようだ」ポンドはもっと低い、不安げな調子で言った。「それに君の言う通り、じつに奇妙だ」

ややあって、ウォットンがふいにこう言った。

「何を心配してるんだ、ポンド?」

「心配というんじゃないかもしれんが、気になるんだ」とポンドは答えた。「ペンも何もないこういう場所で、あの箱を横取りするか宛先を書き変えようと思ったら、どうするかということでね……もちろん、ペンがないのは大したことじゃない。万年筆か鉛筆を持っているかもしれないからね」

「その件はもう片づいたじゃないか。君は鉛筆に御執心だな」ウォットンが焦れったそうに言った。「年柄年中、青鉛筆で、果てしなく出て来る校正刷りを直しているからだよ」

「青鉛筆じゃないだろう」ポンドは首を振って、言った。「それより赤鉛筆みたいなもののことを考えていたんだ。しかも、真っ黒いしるしをつけられるもののことをね。だが、私が気になるのは、物事をするには、つねに思いのほかたくさんのやり方があることなんだ。たとえ、こんな場所でもね」

「でも、君はもう手を打っただろう」と相手は言った。「ああして電話をかけて」

「しかし」ポンドは頑固に言った。「そうしたら、連中はどうするだろう。私が電話したことを知っていたら」

ウォットンは困ったような顔をした。ポンドは黙って腰を下ろし、火を掻きながら、じっと見つめていた。

しばらく沈黙があり、それからポンドが唐突に言った。「ダイヤーが戻って来るといいんだが」

「今さらあいつに何の用があるんだ?」と友人はたずねた。「きっと、遅い昼飯にありついたところだよ。私の見る限り、彼の仕事は終わった。ここじゃもう何もかも終わったよ」

「そうかな」ポンドは顔を暖炉からそむけずに言った。「今の今、始まろうとしているんじゃないかな」

ふたたび沈黙が訪れて、次第に深まる外の夕闇のように、謎が深まって来た。やがてポンドがだしぬけに言った。

「我々はもとのプラットホームに帰って来たんだろうね」

ウォットンの顔は、このような状況では無理もないが、鈍《にぶ》い呆然とした表情を浮かべただけだった。しかし、一部の人間が考えるよりも深い心の底で、この時初めて、異様な冷たい戦慄が走った。眠っていた悪夢が動き出したのだ。それは単に一つの問題が与える実際的な当惑ではなく、場所と時間をめぐる理性を超えた疑念の群れだった。彼が口を利く前に、ポンドが言い足した。

「この火掻き棒は形が違う」

「一体全体、何が言いたいんだ?」ウォットンはついに我慢できなくなって、大声を出した。「駅は封鎖されているし、我々以外に誰もいない。バーのあの娘を除けばね。まさかあの娘が、すべての待合室に新しい椅子と炉の道具を一式置いたとでもいうんじゃあるまい?」

「いいや」とポンド氏は言った。「新しい火掻き棒とは言ってない。新しい形の火掻き棒と言ったんだ」

その言葉が終わらぬうちに、彼は問題の火掻き棒を火の中に残して、暖炉から跳び離れると、戸口へ走って行き、頭《くび》を外に出して聴き耳を立てた。ウォットンも耳を澄ますと、悪夢ではない客観的事実として、這い登るような足音がプラットホームのどこかから聞こえて来た。しかし、二人が外へとび出した時、プラットホームはまったくの無人で、今はまっさらな雪のテーブルになっていた。二人は音が足の下から聞こえてくるのにやがて気づいた。柵の向こうを見やると、地面よりも高く浮かして造ってある木造の駅の土台が、一個所切れて、草の茂った一条の土手に遮《さえぎ》られているのがわかった。その土手は煙のために変色し、すっかり灰色になっていたが、黒い痩せた人影がそこを攀《よ》じ登り、たった今、プラットホームの下へもぐり込んだところだった。男は次の瞬間、線路の上に這い出して来た。それから、落ち着き払ってプラットホームに登り、汽車を待つ乗客のように、そこに立った。

見知らぬ男が特別な警戒をものともせず、事実上駅に押し入ったことはさて措《お》いても、ウォットンの心はすでに疑惑で一杯になっていたから、一目見るなり、この男こそ穴馬だと決め込んだ。奇妙なことに、男はちょっと馬に似ていた——長い馬面《うまづら》で、妙な具合に背を屈めていたからである。色が浅黒く、げっそりと痩せていて、窪《くぼ》んだ眼は濃い影のようだったから、その奥の瞳がギラギラと光っているのに気づいた時は、一種の衝撃をおぼえた。男の身形《なり》はみすぼらしさの窮《きわ》みで、摺《す》り切れて、ほとんどぼろぼろの長いレインコートを着ていた。荒廃と惨憺たる悲劇をかくも見事に象徴している顔と身体は見たことがない、と二人は思った。ウォットンは、絶望が数多《あまた》の革命運動を製造する、あの深淵を初めて覗《のぞ》き込んだような気がした。彼が義務として闘って来た革命運動は、そういう恐ろしいものから生まれて来たのだ。しかし、当然、義務の方が心の中で勝ちを占めた。

ウォットンは男に歩み寄り、君は誰か、何者なのか、なぜこうして警察の封鎖をかいくぐって来たのかとたずねた。男は他の質問はさしあたり無視しているようだったが、何者かという質問には答えて、悲劇的な突き出した顎が動き、思いもかけぬ返事を吐き出した。

「道化師なんで」と男は力ない声で言った。

この返事を聞くと、ポンド氏は、それまでとはまったく別種の驚きに駆られたようだった。今までも謎があるにはあったけれども、彼が追究している問題は、他人には驚くべきものに思われても、ポンド氏自身はもうそれほど驚いていなかったのだ。ところが、この返事を聞くと、彼は奇蹟を目《ま》のあたりにした人間が――いやむしろ、この場合には、不思議な偶然の一致を目のあたりにした人間が――そうするように、なすすべもなく口をポカンと開《あ》いたのである。やがてもう一つの、さらに威厳を欠く変化が彼の上に起こった。初めは目をぎょろつかせていたのが、しまいにクスクス笑ったとでも言うしかない。

「いやはや、これは飛び入りだな！」ポンド氏はそう叫んで、ふたたび耄碌《もうろく》した老人のように笑い転げた。「物語とは関係ないが、パントマイムの素晴らしいおまけだ。前々から思っていたが、パントマイムの一番の見所は物語と関係がないんだ」

しかし、サー・ヒューバート・ウォットンは、ポンド氏の突飛な謎にもうつきあいきれなかった。何よりも、この最後の、もっとも謎めいた振舞い——彼の笑いの謎には。ウォットンはすでに警察の流儀で見知らぬ男に尋問を始めており、見知らぬ男は陰気な、しかし揺るぎない明晰さで受け答えした。本人の言うところによれば、男はハンキンという名前で、舞台芸人だが、招《よ》ばれれば内輪の席でも芸をする。実際、今は景気が悪く、食べるのもかつかつなので、どんな芸でも喜んでやるというのだった。その晩は、さる子供のパーティーで道化を演ずる仕事があり、決まった汽車にどうしても乗らなければならないのだと言い張った。あと一時間すれば、通常の客車がまた走り出すと入口で警察が約束したが、それではちっとも有難くない。一時間して汽車に乗っても約束に遅れてしまい、何カ月ぶりかで稼げるはずだった数シリングがふいになる。彼はこういう場合に、行動力と勇気があれば、多くの人が喜んでするであろうことをやって、見張りのいない抜け穴から駅へ攀じ登って来たのだった。この申し立てはしっかりした口調で簡潔に述べられ、ポンドは信じたようだったが、ウォットンはなおも疑念をくすぶらせていた。

「一緒に待合室へ来てもらいたい」と彼は言った。「何か君の証拠となる物があるかね？」

「名刺は持ってません」ハンキン氏は陰気に言った。「ロールス・ロイスとスコットランドの城と一緒に失《な》くしちまいました。でも、よかったら、きらびやかでお洒落《しゃれ》な夜会服を着て御覧に入れましょう。そうすりゃ、納得なさるでしょうよ」

男はみすぼらしい不格好な鞄を携えていた。それを待合室まで引き摺って行くと、ウォットンがまじまじと見ている前でレインコートを脱ぎ、白いサーカス服のようなものに着替えたが、みすぼらしい靴とズボンはそのままだった。それから鞄に手を突っ込んで、ニヤリと笑って目を剝いている、奇怪な白い仮面を取り出し――仮面には赤い飾りがついていた――頭に被った。すると、二人の目の前にあらわれたのは、信じられないようだが、まさしくさいぜん話していたような古風なパントマイムの道化だった。

「迫出《せりだ》しから上がって来た、とでも言うべきなんだろうが」ポンド氏が畏敬の念に駆られて、つぶやいた。「雪のように空から降って来たみたいだね。運命の神か妖精たちが、この最後の仕上げをしたんだ。見たまえ、この曠野《あらの》の中で、我々のまわりにパントマイムの宮殿をだんだんと造り上げたじゃないか。第一に暖炉の明かり、それから雪、そして今度はここだけの独創的な『ふたたびお目にかかります！』*5だ。何とも楽しい、素敵なクリスマスじゃないか！　おチビさんたちはみんな喜んでキャアキャアいうよ……ああ、しかし、何て恐ろしいことだろう！」

ウォットンはポンド氏を見て、またも衝撃を受けた。顎鬚を生やした顔は、最初に面白がっていた時の悪戯《いたずら》っぽい表情を今も浮かべていたが、ひどく青ざめていたからである。「そして、一番恐ろしい部分は」とポンド氏は言った。「今から私が君の舞台衣装を完全にしてあげることだよ」

彼は火の中に突き刺さっていた火掻き棒をいきなり引き抜いた。火掻き棒はもう赤熱していた。それを恭《うやうや》しく道化に手渡して、言った。

「私もパンタルーンみたいに見えるかもしれないが、こいつはやはり道化が持った方が良い。真っ赤に灼《や》けた火掻き棒だ。君はこれで〝警官〟を跳び上がらせるんだ」*6

ウォットンは、もはや皆目《かいもく》わけがわからなくなった場面を、目を丸くして見守っていた。そのあとに続いた沈黙の中で、外の長いプラットホームにしっかりした重い足音が谺《こだま》し、次第に近づいて来た。ダイヤー刑事の大きな身体が戸口に現われたが、彼は室内の光景を見ると、石になったように立ち尽くした。

ウォットンは彼が驚いたことに驚かなかった。自分と同様、パントマイムの登場人物が闖入して来たのを驚いているのだと思った。しかし、ポンドはもっと良く観察していて、ポンドにとってはその瞬間が、一時間ほど前から心の中に忍び込んで来た、ひそかな疑いを確証したのである。ダイヤーが道化を見つめても、誰も驚きはしなかったろう。しかし、ダイヤーは道化を見つめてはいなかった。それにダイヤーはただ驚いたのではなかった。おそらく、一番驚くべきことは、彼が必ずしも驚いていなかったことだろう。彼はただ火掻き棒だけを見つめていて、何も面白おかしいことがあるとは思っていない様子だった。その顔はほとんど悪魔的な恐怖と憤激に歪み、赤いパントマイムの火掻き棒を、あたかも罪を問う天使の燃える剣であるかのように見つめていた。

「そうだ、真っ赤に灼けた火掻き棒だよ」ポンドは低い、押し殺した声で言った。「そいつで警官を跳び上がらせるんだ」

　警官は跳び上がった。三歩後ろにとびすさって、跳ねながら、大きな警官用の回転式拳銃を抜き、ポンド氏に向けて何度も何度も撃った。爆発の衝撃で、一同がいる粗末な掘立小屋が震えた。第一発はポンド氏の円屋根のような額から一インチほど離れた壁にめり込み、他の四発は大きく逸《そ》れた。ウォットンと見知らぬ男が状況に気づいて、人殺しをしようとする男と揉み合い、その手を力ずくで逸らしたからである。しまいに、ダイヤーは何とか手をふりほどいて自由にすると、拳銃を内側にひねり、自分に向けた。巨きな身体が二人の腕の中で硬張り、刑事部のダイヤーは踊る焔の前で床に倒れ、息絶えた。

＊5　パントマイムでは、ふつう主役たちが妖精の魔法によって、ハーレクインやコロンバイン、パンタルーンといったハーレクイン芝居の人物に変身する。その時に道化師がいうお決まりの台詞。
＊6　ハーレクイン芝居にそういう場面がある。

ポンド氏が出来事の説明をしたのは、しばらく経ってからだった。惨劇のあと第一に取った行動のために、説明する閑《ひま》がなかったからだ。彼は間を置いて待合室の時計を何度も見、満足げな様子だったが、何事も運まかせにはしなかった。扉からサッととび出すと、プラットホームを走って行って、この日、前にも使った電話ボックスに辿り着いた。寒いのに額の汗を拭いながら出て来たが、悲劇のさなかにしては幾分ホッとしたような微笑を浮かべていた。何をしていたのかと訊かれると、簡単にこう答えた。「どんな小包か電話で説明していたんだ。もう大丈夫だよ。差しとめてくれるだろう」

「例の小包をかね？」とウォットンがたずねた。「ほかのと同じような物だと思っていたが」

「そのことはもうじきすっかり話すよ」とポンドはこたえた。「あの舞台芸人のところへ行って、丁重にお別れを言おう。こんなに楽しい見世物を見せてくれたんだから。お礼に五ポンドくらいはずまなきゃいかんだろうな」

ウォットンは鷹揚《おうよう》という点でまことに紳士だったから、これに快く応じた。馬面の鬱《ふさ》ぎ込んだ男には、笑おうとしても嘶《いなな》くことくらいしかできなかったが、内心大いに喜んでいる様子で、痩せこけた顔をいびつな笑《え》みにほころばせた。そのあと、この風変わりな祭の場面でクリスマスの御馳走をしめくくるために、二人の友人はたった一つの軽食堂へ行き、背の高いビールのグラスを二つ並べて、腰を下ろした。縁起の悪い待合室に今も燃えている火は血のように赤く、それにあたって両手を温める気がしなかったからだ。

「君があんなふうにダイヤーを追い詰めることができたのは不思議だな」とウォットンは言った。「私は奴のことなんか、ちっとも考えなかった」

「私だって、ちっとも考えなかったよ」とポンドは言った。「彼は自分で自分を追い詰めたんだ。自分で自分を殺したのと同じようにね。陰謀家はたいてい、あんなふうに自分を隅に追い詰めるんじゃないかな。わかるかい、彼は有能な印象を与えるために、駅をまるまる無人にして封鎖したが、その時、自分を論理の牢獄に閉じ込めてしまったんだ。ところで、彼の独裁的なやり方と憲法を無視しようとする要求のうちには、二重の意味があることを察するべきだったな。彼の話し方は、我々の敵や、連中の外国の仲間の話し方にそっくりだったからね。しかし、肝腎の点はここだ。私はとくにダイヤーのことを考えてはいなかった。多少ともそれを考えはじめたのは、幾何学に於ける長方形のような、論理の四角い広場か囲い地の中を彼がうろつきまわっているのに気づいてからだ。私はずっと一つのことばかり考えていた。あの連中は箱の行先を変えたり横取りしたりするために、一体何をするだろう――直接《じか》に襲撃するとか、騒ぎの起こる方法では、それができなくなった今？　考えれば考えるほど、連中は何とかして宛名を書き換えようとするに違いない、という確信が深まって来た。そうすれば、箱が郵便で正常に届けられることが、我々ではなくかれらの役に立つだろうからね。それで私は、宛先の変わっている物は全部疑って、差しとめておくように当局に警告した。そして思った——さあ、敵はどうするだろう？まったく不便で設備もない、この巨大な車庫に閉じ込められて、何ができるだろう？だが、わかるかい、そう考えたとたん、敵は誰かという重大な疑問が生じたんだ。

電話をして、宛先を変更した荷物を全部差しとめさせたと言った時、その場には君とダイヤー以外に誰もいなかった。そりゃあミステリー小説だったら、駅の到る所にこっそり立ち聴きしている者がいるとか、スパイが暖炉の煙突に忍んでいたり、旅行鞄の中から這い出して来るといったことも、考慮に入れなければならんだろうが、現実生活ではあり得ない。たった一人の侵入者が街路《とおり》から登って来た時だって、足音が聞こえたんだ。電話の話を聞いたのはダイヤーだった。そして、彼はそのあとすぐにプラットホームへ出て行ったろう。昼飯を食う場所を探すと言っていたが、じつはあちこち歩きまわりながら、さて、どうしてくれよう、と次に打つ手を考えていたんだ。彼の元々の計画は、私が言った通り、宛先を変えることだったに違いないからね。その目的、あるいは似たような目的のために使える物が、あのガランとしたろくでもない場所に、何かほかにあっただろうか？　あったんだ。しかし、私にはそれが何か思いつかなかった——待合室に戻って来て、ふとあの火掻き棒を見るまではね。そいつは少し違う角度にねじれていた。ということは、鉄床《かなとこ》にのせた蹄鉄のように、赤熱したところを叩いて、半分曲げたとしか考えられなかった。それで、もちろん、私は気づいた。赤熱した火掻き棒なら、木の箱に書いた字を書き変えるのに、ペンや鉛筆のように役に立つ――いや、もっと役に立つだろう。ペンは線を引いて元の字を消すだけだが、火掻き棒なら、焼いて消すことができる。上手くやれば、レッテルや書き込みを跡形もなく消し去ることもできそうだ。いや、もっといろいろなことができるだろう。火掻き棒を使う芸術家は道化師だけではない。焼き絵という優雅な工芸がある。白い縦板の箱の外見をすっかり変えて、ほかの箱と一緒にされないようにするのは造作もないだろう。まわりに黒い縁《へり》をつけたり、ある紋様《もよう》で蔽《おお》ったり、あるいはほとんど全面を真っ黒にしても良い。そのあとで、残った空白に、箱を届けたい宛先を黒いブロック体でくっきりと焼きつけるんだ。こうすると、上手い具合に、筆跡によって誰がやったか突きとめられる危険もなくなる。その箱はべつの荷物として、宛先へ普通に郵便配達され、箱を普通に郵便で送るという我々の計画は仇《あだ》になったろう。だが、実際には、手遅れになる直前に、焼き絵の箱の様子を説明して、差しとめることができた。私は赤い鉛筆で黒いしるしがつけられるというくだらない冗談を言ったが、あの時でさえ、まだダイヤーを疑ってはいなかった。お恥ずかしい次第だが、最初から疑ってかかった唯一の人間は、気の毒な君の事務官フランクスだった。彼はむしろ例外的に罪のない男なのにね」

「フランクスだって！」ウォットンが叫んだ。「また何であいつを疑ったんだ？」

「私が間抜けだからさ」とポンド氏は言った。「君が想像するよりもずっとパンタルーンに近いからさ。フランクス君は妙な顔をしているが、ああいう悩み事を持ったような顔つきは、不誠実さよりも誠実さのしるしであることの方が多いと知るべきだった。しかし、私がきわめつけの間抜けだったのは、探偵を見ないで容疑者を見た時だった。あの時、ダイヤーは箱を持ち上げて仔細《しさい》に見ていたが、フランクスは向こう側にいたから、ダイヤーがその箱をあとで見分けられるように、こっそり小さなしるしをつけるのが見えたんだ。フランクスは箱の計画を知っていた。それで、ダイヤーが素早く怪しい真似をするのを見ると、ハッとして目を丸くした。無理もないよ。実際、フランクスこそ本当の探偵で、はるかに私の先を行ってたんだ。私はダイヤーを全然疑っていなかったんだからね。疑いはじめたのは、いわば、彼が押込み強盗のように構内《プレミシズ》をうろついていた時からだ。論理的な前提《プレミシズ》を、と言ってもいい」ポンド氏はコホンと咳をした。「駄洒落を言って申し訳ない」

　ずっと後になって、ウォットンがこの話をすると、ガヘガン大尉は言った。「君のお芝居に登場する人物のうちで、僕のお気に入りは道化だな。じつに場違いだからね。僕自身、そうなんだ。じつに場違いな男なんだ」

「本当だな」サー・ヒューバート・ウォットンはそう言って、書類をまた調べはじめた。

「彼はシェイクスピアの道化みたいだ」ガヘガンは少しも変わらぬ快活な調子で言った。「シェイクスピアの道化は、物語に関係なく、偶然そこにいるように見えるけれども、じつは彼こそ悲劇の合唱団なんだ。阿呆は幻想的な踊る焔のように、暗い死の家の様子や調度品を照らし出す。やっぱり、ポンドとポローニアスとを結びつけても良いのかもしれない」彼はそれから、熱愛する劇詩人シェイクスピアの作中に出て来る道化について、昔のアイルランド式の演説口調で、問題になる劇のかなりの部分を引用しながら、持論を説明しつづけた。ウォットンの局はその時、ヴァンクーヴァーの通商に関するアメリカの要求という、微妙かつ厄介な問題で忙しかったが、おかげで大分仕事が助かり、捗《はかど》ったのである。

名前を出せぬ男

ポンド氏は牡蠣《かき》を食べていた――それは真面目な、ためになる光景《ながめ》だった。友人のウォットンは牡蠣が嫌いで、ろくに味もしない物を呑み込む意味がわからないと言った。物事の意味がわからないというのは彼の口癖で、それなら、たぶん無意味はわかるのかな、と友人のガヘガンがせつない質問をしても、耳を貸さなかった。サー・ヒューバート・ウォットンのまわりには無意味などなかったし、ガヘガン大尉のまわりには無意味がたくさんあった。ガヘガンは牡蠣を楽しんだが、とくに好きというわけではなかった――頓着のない男だったからである。だから、彼の前に塔の如くうずたかく積み上げられた牡蠣殻は、それをただのオードブルとして、素早く、向こう見ずに楽しんだことを示していた。しかし、ポンド氏は本当に牡蠣が好きで、羊のように数を数え、この上なく入念に賞味していた。

「割合に知られてないが」とガヘガンは言った。「ポンドはじつは牡蠣なんだ。彼は牡蠣から、不変の型や形象を築き上げる。慌《あわ》て者の博物学者たちは(気の早いピルクの名前を挙げれば、十分だろう）ポンドが魚に似ているという報告を繰り返して来た。だが、何という魚だろう！　われらが友に生物界に於《お》ける高い正当な地位を与える仕事は、ニブルズの画期的な著作『ポンドゥス・オストロアントロプス、あるいは人間牡蠣の発見』に発表される研究に俟《ま》たなければならなかった。それについての議論で君を悩ませる必要はあるまい。ポンドは顎鬚《あごひげ》を生やしている。現代の流行の世界にあんな装飾で立ち向かえるのは、この男と牡蠣だけだ。彼が頭を引っ込める時は、牡蠣のように厳重に閉じ込もっている。彼が僕らを説得して何かを呑み込ませる時、僕らはあとになって初めて（その点、僕らの意見はしばしば一致するが）、どんな深海の怪物を呑み込んだかを悟るんだ。だが、何よりも、この牡蠣の中には逆説がある。それは高価な真珠なんだ」ガヘガンは話を終えて、乾杯をうながすように、ポンドの方に酒杯を向けた。

ポンド氏は重々しくうなずいて、牡蠣をまた一つ呑み込んだ。「じつはね、牡蠣を見ていたら、その議論に関係のあることを一つ思い出したよ――いや、もっと正確に言えば、牡蠣殻を見て思い出したんだ。危険人物を、たとえ容疑者にすぎなくても、国外追放するということには、いくつか奇妙な難しい問題がある。私の憶えているちょっと風変わりな事件では、ある国の政府が好ましいよそ者の国外追放を考えねばならなかった――」

「好ましからぬよそ者という意味だろう」とウォットンが言った。

ポンド氏は牡蠣をまた一つ、つつましげに呑《の》み込んで、話をつづけた。「……好ましいよそ者の国外追放だよ。しかし、これは難点が本当に乗り越え難いものだったんだ。言っておくが、私はあの特殊な状況をまったく適切な用語で説明しているんだよ。問題とすべき点があるとしたら、それは『好ましい』という単語よりも、『よそ者』という単語だ。ある意味で、彼は非常に好ましい土地っ子と言っても良いくらいだった」

「牡蠣だ」とガヘガンが悲しげに言った。「心はなおも牡蠣のことを考えている。国産の牡蠣はたしかに非常に好ましい土地っ子だ」

「たとえ好ましくなくとも、少なくとも、求められてはいた」ポンドは平然と語りつづけた。「いや、ガヘガン君、『求められて』というのは、『指名手配されて』という意味じゃない。ほとんどすべての人間が彼に留《とど》まってもらいたがったということで、それ故にこそ、追い出さねばならないことは明らかだったんだ。その人物はね、こう言っても不敬にはあたるまいと思うが、すべての国民の願望とでも呼ぶべきもの――あるいは、詩人たちが世界の願望と呼んだものだった。しかし、国外追放にはならなかった。求められていたにもかかわらず、国外追放にならなかった。それが唯一の、真の逆説なんだ」

「ほう」ウォットンは目を丸くして言った。「それじゃ、そいつが真の逆説なんだね」

「君もあの事件を多少憶えているだろう、ウォットン」とポンド氏は言った。「あれは、我々がパリへ一緒に行った時のことだった。少々微妙な用事で――」

「パリのポンド」とガヘガンはつぶやいた。「異教徒のごとく放恣《ほうし》な青春時代のポンドか

――スウィンバーン[*1]がいみじくも言うように、『愛はそが牡蠣の真珠にして、美神は葡萄酒《さけ》のうちより紅の姿をあらわしぬ』という時代だね」

「パリはいろいろな国の首都へ行く道筋にある」ポンドは慎重に言葉を選んで、こたえた。

「ともかく、このささやかな国際問題が起こった舞台をはっきり名指しする必要はない。そこは多くの近代国家の一つで、共和政体が、代議制と民主主義の主張に基づいて、君主制に取って代わって久しい。この国の君主制は、近代の戦争と革命のさなかに、何らかの経緯《いきさつ》で消えてしまったんだ。そういう多くの国と同様、ここでも政治的平等を打ち立てただけで問題がすべて片づいたわけではなかった。経済的平等に関しては、深く混乱した世界に直面していたからね。私があそこへ行った時は運送業のストライキが起こって、首都の生活は滞《とどこお》っていた。政府はクランプという億万長者の言いなりになるといって非難されていたが、ストライキが起きた運輸会社はその男が支配していたんだ。そして危機がなおさら恐ろしいものに思われたのは、有名なテロリスト、タルノフスキーがこれをひそかに仕組んでいると（政府側が）主張したからだった。タルノフスキーは〝韃靼《だったん》の虎〟と呼ばれたこともあり、東欧の故国から追放されて、どこか西の知られざる隠れ場所から世界中に陰謀を広めていると信じられていた」ポンド氏はそれから自分のささやかな経験を語ったが、それは、ガヘガンの口出しとポンドのいささか不必要な几帳面さを一掃すれば、おおむね次のような話であった。

ポンドはこの慣れない国の首都で、少し寂しい思いをしていた。ウォットンがべつの微妙な任務でよそへ行ってしまったからだ。ポンドには友人もおらず、わずかな知り合いをこしらえただけだった。しかし、彼がこしらえた知り合いのうち、少なくとも三人は、いろいろな点で面白い人物であることがわかった。第一の例はしごくありふれたものに思われるかもしれない——本屋に話しかけたというだけなのだから。相手はほかの点ではごく普通の商店主だったが、十八世紀初めの科学書に精通しており、この時代はポンドの趣味でもあった。そのことを別とすると、フス氏はいかにも中産階級《ブルジョワ》の市民で、重苦しいフロックコートに身をつつみ、長い古風な頬髯が顎の下で出会って、長老然とした顎鬚と一つになっていた。店の外へ出ることはあまりなかったが、そういう時は葬式にふさわしいシルクハットをかぶって行った。科学の研究は、立派であると同時に気の滅入《めい》るような、澱《よど》んだ無神論を彼のうちに残したけれども、それ以外には、無数にいる大陸の商店主と彼を区別するものは何もなかった。ポンドが多少なりと口を利いた次の男は、カフェで出会った客だが、もっとずっと活発で、油断がなく、若い世代に属していた。しかし、この男も

＊1　アルジャノン・チャールズ・スウィンバーン（一八三七—一九〇九）。ヴィクトリア朝の有名な詩人。引用は「Dolores」の一節。

しごく真面目だった。色の浅黒い、物事に熱心な青年で、政府を本当に信じている政府官僚だった――少なくとも、政府の原則を信じており、彼は原則を物事の第一に考える人間だった。ストライキを非難し、労働組合さえ非難した。気取り屋の俗物だったからではない。労働者のように質素な生活をしていたのだから。そうではなく、彼が自由契約と呼ぶものの古い個人主義的な理論を本気で信じていたからだった。このタイプの人間はイギリスではほとんど知られていないが、アメリカへ行くと、こういう理論は珍しくない。だが、二条《ふたすじ》の黒髪の間に突き出している、幾分禿げて少し皺《しわ》の寄った額と、何事かを渇望しながら怒りをおびた眼を見れば、この男が狂信的なまでに誠実であることは明らかだった。彼の名前はマルキュスといい、下級の官職に就いていて、共和国の原則を心ゆくまで見渡すことができたが、その枢機《すうき》に与《あずか》ることはできなかった。ポンド氏が第三の知人に気づいたのは、この第二の知人とカフェの外で話していた時だった。その人物は三人のうちでも格段に変わっていた。

この男は人の眼を惹きつける一種の磁石であり、自分の眼だけでなくて、誰の眼にも同じ作用を及ぼしていることをポンドはすぐに悟った。この男が坐って煙草を吸い、ブラック・コーヒーとベネディクティンを啜《すす》っている小さなテーブルのまわりには、何らかの形で、いつも人と人との連絡の流れがめぐっているようだった。ポンドが最初に彼を見た時、若者の群れが談笑を終えて散って行くところだったが、かれらはただおしゃべりのために、そのテーブルに立ち寄ったらしかった。次の瞬間、宿無しの子供たちが列をなして彼の孤独に押し入り、コーヒーに入れなかった砂糖の塊をもらった。それから図体《ずうたい》の大きい、むっつりした顔つきの労働者がやって来て、ほかの誰よりも長く彼と話し込んだ。一番奇妙だったのは、こうした国では家の外にめったに姿を現わさない、堅苦しい貴族階級の婦人が、何と馬車から降り立って、この不思議な紳士をじっと見つめていたと思うと、やがて、また馬車に乗ったことである。こうしたことがあっただけでも、ポンドは問題の人物を注視したかもしれないが、じつは何らかの理由によって、最初から興味深く見守っていたのである。

男は鍔広《つばびろ》の白い帽子をかぶり、少しくたびれた紺の背広を着ていた。鼻梁《びりょう》が高く、薄黄色の顎鬚はブラシをかけて、先をピンと尖らせていた。長く、骨張った、しかし優美な手をしていて、片方の手に嵌めた指輪には、翡翠《かわせみ》のような色の宝石が入っていた。ややみすぼらしい装扮《いでたち》の中で、そこだけが贅沢だった。男の眼は白い帽子の灰色の影の中で、くだんの宝石のように青く光っていた。男のいる場所は少しも目立つところではなかった。カフェの前ではなく、壁際の、蔦《つた》と避難梯子の真下に坐っていた。まわりには次々と小さな人だかりがしたけれども、人が散じている間には、独りでいたいような妙な様子をしていた。ポンドはその時も、また後《のち》にも、彼の名前についていろいろ人に尋ねてみたが、わかったのは、普通ムッシュー・ルイと呼ばれていることだけだった。しかし、それが本当の名字なのか、外国の名字をこの国の名字らしく変えたのか、あるいは、一風変わった人気者であることから、誰もが洗礼名で呼ぶようになったのかは、どうも判然としなかった。

「マルキュス」とポンド氏は若い連れに言った。「あの男は何者なんだね？」

「誰でも彼を知っているが、何者かは誰も知らないのさ」マルキュスは少しキイキイいう声でこたえた。「でも、僕はきっと探りあててやるよ」

そう言っている間に、革命派新聞の呼び売り人たちが——この新聞はスト中の労働者が発行したもので、鮮やかな緋色の紙に印刷してあるため、目立った——カフェの外の人混みの中で、相当な数の購読者に新聞を配りはじめた。かくして、黒い塊にたちまち血紅の斑紋様《まだらもよう》が入った。ある者はただ冷やかすためにその新聞を見たし、ある者は冷静な好奇心を持って見た。真の支持者としての敬意を払って見たのは、おそらく、ほんの二、三人だったろう。超然として、しかし、非難の意をはっきり外見《うわべ》に現わさないで、その新聞を読んでいた人間の中に、顎鬚と青い指輪の紳士ムッシュー・ルイがいた。

「ふん」マルキュスは額を曇らせて言った。「好きにやらせておくさ。これが奴らの最後のチャンスなんだから」

「それはどういう意味かね？」とポンドがたずねた。

マルキュスは額にいっそう皺を寄せて困惑の色を浮かべたが、しまいにぶっきら棒な、気の進まない調子で言った。「僕自身は賛成しないと言わなければならないな。共和制が自由主義の原則と新聞の発行禁止との間にどうやって折り合いをつけられるのか、僕にはわからない。でも、あの新聞は発行禁止になるんだ。随分政府を突っついたからね。首相自身は発行禁止を好まないと思うんだが、内務大臣は怒りっぽい奴で、何でもたいてい自分の勝手にするんだ。ともかく、明日、警察に事務所を手入れさせる。だから、あれがきっと最終号さ」

果たして、ムッシュー・マルキュスの予言は、翌朝の状況全般に関する限り、中《あた》った。次の号は出たようだが、人の目に触れたとしても、上手く頒布《はんぷ》することはできなかった。警察が到る所で全部押収してしまったからである。だから、カフェの外に坐っている黒服のブルジョワたちも、今は血の色の染みもなくて、非の打ちどころがなかった。ただ避難梯子と蔦の下の一隅だけは例外で、そこではムッシュー・ルイが、こうした変化にも一向おかまいなく、彼《か》の血紅の新聞を読んでいた。周囲の客の中には、これを胡散《うさん》臭そうに横目で見る者もいた。ポンドはとくに本屋のフス氏に目を留めた。この男は黒い山高帽と白い頬髯という例の姿で、すぐそばのテーブルにつき、とげとげしい疑惑の念もあらわに、赤い新聞の読者の様子を窺っていた。

マルキュスとポンドはいつものテーブルに席を占めたが、ちょうどその時、警察の分遣隊がいとも迅速に行進しながら、街路《とおり》を一掃して、傍らを通り過ぎた。部隊と共に、いや、それよりも猛烈な速さで進んで行く、ずんぐりして四角張った身体つきの男がいた。傲慢な口髭を生やし、勲章をつけ、蝙蝠《こうもり》傘をサーベルのようにふりまわしていた。この男こそ、その名も高い好戦派の内務大臣コッホ博士であった。警察の手入れを指揮していたのだが、そのギョロつく眼はたちどころに、混んだカフェの隅の赤い一点を見つけた。彼はムッシュー・ルイの前にすっくと立つと、閲兵式の号令のような大声を上げた。

「その新聞を読むことは禁じられているのだぞ。人を直接犯罪に駆り立てる内容が載っているのだ」

「しかし」ムッシュー・ルイは礼儀正しくたずねた。「読まないで、どうしてその嘆かわしい事実がわかりましょう?」

その丁寧な口調のどこかが、何か奇妙な理由で、内務大臣の自制心を失わせたらしい。いわゆる箍《たが》が外れたように怒り出した大臣は、カフェにいる男に蝙蝠傘を突きつけ、乱暴なはっきりした言葉で怒鳴りつけた。

「おまえを逮捕することもできるし、国外追放することもできるんだぞ。そのわけは知っとるだろう。そんなくだらん新聞のためではない。そんな緋色《ひいろ》のボロくずを持っていなくとも、まっとうな市民の中でおまえは目立っておるんだ」

「私の罪が緋のようなので[*2]」相手は穏やかに身を屈《かが》めながら言った。「私がここにいる破廉恥さは、実際、言語道断です。逮捕してはいかがです?」

「逮捕するかしないか、今に見ていろ」大臣は歯噛《はが》みして言った。「ともかく、おまえに我々の邪魔はさせんし、こんなペテンで社会機構の働きを妨げたりもさせん。ああいう薄汚い、赤く錆びた釘を道に置いて、進歩の車輪を止めさせようとしても、我々がそれをおめおめ許すと思うのか？」

「あなたは」と相手は厳しい調子で答えた。「あなたの言う進歩の車輪が、貧しい者の顔を轢《ひ》きつぶす以外に、これまで何かをやったとでもお考えになるのですか？　いかにも、私は貴国の一市民たる光栄に浴しません。街路《とおり》のあちらこちらに立っている、あの幸福な、嬉しそうな、食い肥《ふと》った、裕福そうな市民たち――あなた方はかれらに飢餓による戦争をしかけていますが――あの人たちの一人ではありません。しかし、私はいかなる外国の臣民でもありませんから、国外追放して自国に返すには特別な困難が伴うでしょう」

大臣は猛然と一歩前に出たが、立ち止まった。そして、まるで相手の存在を突然忘れたかのように、口髭をひねりながら歩き去り、警察隊のあとを追った。

「ここにはいろいろ秘密がありそうだね」ポンド氏は友人に言った。「第一に、彼はなぜ国外追放されなければならないのか？　第二に、なぜ国外追放されないのか？」

「わからない」マルキュスはそう言うと眉を顰《ひそ》めて、ぎこちなく立ち上がった。

「それでも」とポンド氏は言った。「あの男が誰であるかについて、一種の考えが湧いて

＊2　緋色は罪悪を象徴する。

来たよ」

「うん」マルキュスは険しい顔で言った。「僕もあの男の正体について、考えを持ちはじめたところだよ。あまり素敵な考えじゃないがね」そう言うと、いきなりテーブルから離れ、独りでスタスタと街路を歩き去った。

ポンド氏は席に残り、深く考え込んでいた。数分すると立ち上がって、友人の本屋、立派なフス氏が、やや暗い威厳をおびて、いまだに坐っている席に向かって行った。

ちょうど彼が混雑した歩道《トロトワール》を横切った時、暮色の垂れこめて来た背後の街路から、ワッとどよめきが起こった。ストをしている労働者の灰色の大群衆が、かれらの拠点をついさっき取り片づけた警察と同じ道を行進しているのだった。だが、喚声の原因はもっと特別で、個人的ですらあった。半ば餓えた群衆の冷笑的な眼は、カフェの外にいる上品な人々の黒い端正な群れをざっと見まわし、発行を禁止された新聞がないのを見て取った。それから、そのひらめくページのなつかしい赤い焔が、相変わらず静かにそれを読みつづけているムッシュー・ルイの手にあることにふと気づいたのだ。労働者たちはピタリと立ち止まり、軍隊のごとく敬礼した。街灯柱も小さな樹々も震えんばかりの大喚声が、赤い襤褸《ぼろ》[*3]切れに忠実であった一人の男のために湧き上がった。ムッシュー・ルイは立ち上がり、喝采する大群衆に向かって、おごそかに頭を下げた。ポンド氏は友人の本屋の向かいに腰を下ろし、頬髯を生やした相手の顔を興味深げにしげしげと見た。

「どうやら」とポンド氏は言った。「あそこにいる我々の友達は、もうじき革命派の指導者になりそうですね」

この言葉はフス氏にいささか奇妙な効果を及ぼした。彼はまるでうろたえたように「とんでもない」と言うと、ぐっと表情を抑え、それからたくさんの短い言葉を異常な厳密さで口に出した。

「私自身はブルジョワジーに属するから、政治にまだ距離を置いている。現在の状況で進むいかなる階級闘争にも加担したことがない。私には、プロレタリアートの抗議にも、資本主義の現在の局面にも共鳴する理由がない」

「おやおや」ポンド氏の眼に理解の光が射しはじめた。ややあって、彼は言った。「これはまことに失礼いたしました。あなたが共産主義者とは存じませんでしたのでね」

「そんなことを言ったおぼえはないぞ」フスは激して、それから唐突にこう言い足した。

「誰かが私を裏切ったと言うんだろう」

「あなたの言葉があなたを裏切っているんですよ、ガラリア人《びと》のように[*4]」とポンドは言っ

＊3　革命派の赤旗を嘲っていう言葉。

＊4　「マタイ伝」第二十六章第七十三節参照、「暫《しばら》くして其處《そこ》に立つ者ども近づきてペテロに言ふ『（なんぢも慥《たしか》にかの黨與《ともがら》なり、汝の圀訛《くになまり》なんぢを表《あらは》せり）』」

た。「党派というものは、みんな自分の言葉でしゃべるものです。ある男が仏教徒であることを、自分は仏教徒ではないと言う言い方から見分けられますよ。あなたが何であろうと私の知ったことではありませんし、あなたがもし好まないなら、誰にも言いはしません。言いたかったのはただ、あそこにいる男はストをしている連中にたいそう人気があるようだから、運動を指導できるかもしれないということです」

「とんでもない」フスは両の拳でテーブルを叩きながら、叫んだ。「けっして、けっして、あんな奴に運動を指導させるものか！　わかってくれ！　我々は科学的運動なんだ。道徳的運動じゃない。善だの悪だのというブルジョワ的イデオロギーとは縁を切った。我々は現実政策《レアール・ポリティーク》なんだ。マルクスの計画を助けるものだけが善だ。マルクスの計画を妨げるものだけが悪だ。しかし、限度というものがある。あまりにも恥ずべき名前、あまりにも恥ずべき人物で、〝党〟からはつねに除外しなければならない奴らがいる」

「誰かがあまりに邪悪なために、ボルシェヴィキの本屋さんの心にすら、眠っていた道徳の感覚を目醒めさせたというんですね」とポンドは言った。「一体、そいつは何をしたんです？」

「何をするかだけじゃなく、何であるかが問題なんだ」とフス氏は言った。

「あなたがそうおっしゃるとは不思議だ」とポンドは言った。「私もたった今、あの人の素性についてあたりをつけたところなんです」

ポンド氏はチョッキのポケットから新聞の切り抜きを取り出し、相手の方に差し出しながら、さりげなく言った。「そこに書いてありますが、テロリストのタルノフスキーが今この国で、しかも、確実にこの首都で、ストライキや革命を煽動しているそうです。ところで、白い帽子をかぶった我らが友は、私には中々の老練《てだれ》に思えるんですがね」

フスはなおもかすかにテーブルを叩きながら、聞き取りにくい声でつぶやいていた。

「けっして、けっして、あいつを指導者にさせるものか」

「しかし、仮にあの男が指導者だったとしたら？」とポンドは言った。「彼には明らかに、人を指導しつけているようなところがあります。一種の威厳ある仕草がね。まさに〝虎のタルノフスキー〟がやりそうなことをやっているじゃありませんか？」

ポンド氏は本屋が驚くと思っていたかもしれないが、驚いたのはポンド氏の方だった。彼の言葉が本屋に及ぼした効果はあまりにも大きく、驚きなどという表現は滑稽なほどふさわしくなかった。フス氏は硬くなって、石の偶像のようにじっと坐っていたが、彫像の顔に起こった変化は凄まじいものだった。たった独りでテーブルに向かっていると、いつの間にか悪魔と晩餐を共にしていた男の悪夢のような物語を思わせた。

「何てことだ」無神論者はついに小さな、弱々しいキイキイ声で言った。「それじゃ、あいつがタルノフスキーだと思ってるんだな！」山高帽を被った本屋は突然、ハハハとうつろな笑い声を上げはじめた。梟《ふくろう》の陰気な啼き声のような、甲高《かんだか》く、単調で、とめどなく繰り返されそうな笑い声だった。

「しかし」ポンドは少し苛立《いらだ》って口を挟んだ。「一体どうして、タルノフスキーではないとわかるんです?」

「なぜなら、私がタルノフスキーだからだ。それだけさ」本屋は急に真顔になって言った。「君はスパイじゃないと言うが、なんなら私のことを通報してもいいぞ」

「閣下に保証します」とポンド氏は言った。「私はスパイではありませんし、もっと性質《たち》の悪いおしゃべり屋でもありません。口数の少ない旅行者で、旅人の法螺《ほら》話をしない旅人にすぎないんです。それに閣下には借りがあります。重要な原則で私の心を啓発してくださいましたからね。今までは、そのことにはっきり気づきませんでした。人間はつねに思っていることを言うが、隠そうとすると、なおさらそれが口に出るということです」

「そいつは」相手は喉の奥からゆっくりと声を出して言った。「たぶん、君たちが逆説と呼ぶものだな」

「そんなこと、言わないでください」ポンド氏は呻《うめ》いた。「イギリスでは、みんなそう言うんです。しかし、正直なところ、私にはそれが何を意味するのか、さっぱりわからないんです」

「だが、そうだとすると」とポンド氏は独りごちた。「白い帽子をかぶったあの男は、一体誰なんだろう？　どんな罪を犯したんだろう？　どんな罪を犯したために、逮捕したり、国外追放したりできるんだろう？　あるいは、どんな罪のために、逮捕したり、国外追放したりできないんだろう？」

翌朝、ポンドがカフェの小さなテーブルに着いて、問題の新たな難しさに思いをめぐらしていた時、あたりには輝く日射しが一杯に溢れていた。つい昨日はいささか陰気に、真っ暗にさえ思われて、ボルシェヴィキの新聞がポツポツと血の色を点じていた場面に、太陽が一種の黄金の華やかさを与えていた。ストライキはともかくとして、スト中の労働者は一掃され、少なくとも社会的な意味では、嵐に晴れ間がのぞいているようだった。暴動の脅威は策略によって封じ込められ、街路のあちこちに警察が見張りを配置していたが、穏やかな陽光《ひかり》の中では、それも玩具の木や、色を塗った街灯柱のように無害なものに見えた。イギリス人が時折外国にいるだけで感じる、あの何がなしに快活な気分が不合理にも戻って来るのを、ポンド氏は感じた。干草や海の匂いがある人々に及ぼすような影響を、フランス風のコーヒーの香りがポンド氏に及ぼした。ムッシュー・ルイは浮浪児に砂糖を配るという心優しい趣味をまた始めており、長方形の甜菜糖《てんさいとう》の形そのものが、同じようにポンド氏を喜ばせた。彼は何だか子供の目を通してこの場面を見ているような、朦朧《もうろう》とした感覚をおぼえた。舗道に沿って配置されている警察隊さえも、まるで楽しい人形劇の人形や飾り人形であるかのように、ただただふざけたやり方で彼を面白がらせた。警官の三角帽子は「パンチとジュディー」の見世物に出て来る教区役人を何となく思い出させた。この色とりどりな喜劇のさなかを、ムッシュー・マルキュスのしゃちこばった姿が近づいて来た。その顔つきは、この政治的清教徒が人形劇を信じていないことを如実に物語っていた。

「さて」マルキュスは一種の抑えた怒りを浮かべてポンドを睨みつけながら、言った。「僕はあの男の正体を言い当てられると思うよ」

ポンドが慇懃《いんぎん》にたずねると、返って来たのは、意外なことに、厭らしい嘲《あざけ》るような笑いだった。

「一体、どういう種類の人間だろうね？」とマルキュスは言った。「どこへ行っても他人《ひと》がお辞儀をして、ニコニコ微笑《わら》いかける人間とは？　誰もがいつも御丁寧に接して、御機嫌を取る人間とは、どういう種類の人間だろう？　どういう寛大な〝民衆の友〟なんだろう？　どういう神聖な〝貧しき者の父〟なんだろう？　国外追放だって！　あんな奴は絞り首にするべきなんだ」

「私にはまだ何も理解できないがね」ポンドは穏やかに答えた。「ただ何らかの理由で、国外追放さえできないこと以外は」

「あいつが日向《ひなた》に腰かけて子供と遊んでいるところは、じつに家長然としているじゃないか？　昨夜《ゆうべ》はもっと暗かったし、僕はあいつがもっと暗い仕事をしているのを見た。……

まずは、この話から聴いてくれ。昨日の晩、黄昏《たそがれ》から夜になろうとする頃だった。カフェには、僕を除くと、あの男一人しかいなかった。向こうには僕が見えなかったと思うが、見えても、べつに気にしたかどうかはわからない。そこへ黒い、カーテンをぴっしりと閉めた馬車がやって来て、以前《まえ》に見たあの貴婦人が下りて来た。身分の高い婦人であることは間違いないが、今はあまり裕福ではなさそうだった。彼女はあの男と話をして、その際、何とぬかるんだ舗道に跪いて、何か頼み込んでいたんだ。だが、奴はあそこに坐って微笑っているだけだった。目の前に貴婦人がひれ伏すのを見ながら、悪魔のようにニヤニヤしているだけで、帽子を取りもしない——そういう奴って、一体どんな種類の人間だろう？社会でスルタンさながらに振舞い、みんなが笑顔で慇懃に接するのを当然と思っている——そういう奴はどんな種類の人間だろう？　犯罪者の中でも一番卑劣な奴に決まっているさ」

「平たく言うと」とポンド氏は言った。「あの男は恐喝者《ゆすり》だから、逮捕すべきだと言いたいんだね。それに、恐喝者であるが故に逮捕できないのだとも言いたいんだね」

マルキュスの怒りに初めて一種の困惑がうち混じり、それはほとんど羞恥に近いようだった。彼は顔を顰《しか》めながら、俯向《うつむ》いてテーブルを見た。

「君もきっと考えたろうが」ポンド氏は淡々と話をつづけた。「第二の推論からは、必然的結果として、少し微妙な事柄が暗示される——ことに、そう言ってかまわないなら、君のような地位にある人間にとっては」

マルキュスは怒りでふくれ上がった沈黙を守っていたが、やがて、抑えきれなくなったかのように、口を切った。「誓ってもいいが、首相は完全に潔白だ」

「私は」とポンドは言った。「首相に関する醜聞を披露したことはないつもりだが」

「それに、あのコッホ博士が関わっているとも信じられない」マルキュスは乱暴な口調でつづけた。「彼が悪口雑言をまくし立てたり、意地悪をしたりするのは、誠意のためだとずっと思っていた。真っ正直でいることは、本当に大変だ。とくに、こんな――」

「こんな何だね？」ポンド氏がたずねた。

マルキュスはいきなり肘を動かして、椅子に坐ったままそっぽを向くと、言った。「ああ、君にはわかるまいよ」

「いやいや」とポンドはこたえた。「わかっているつもりだ」

やや長い沈黙があり、ポンドがまた話をつづけた。

「君自身は廉潔な、志の高い人間だが、君の問題はきわめて解決が困難だという恐るべき事実を、私は理解している。そのことで君を詰《なじ》ったりは、とてもできんよ。君は共和国に対して、平等と正義の理念に対して忠誠を誓い、それに対して忠実だった」

「思っていることを言ったらどうだい」マルキュスは憂わしげに言った。「僕が本当は、どんな下種野郎《げすやろう》でも強請《ゆす》れるような悪党仲間に仕えているにすぎないと言いたいんだろう」

「いやいや、今はそんなことを認めてくれと言ってるんじゃない」とポンドは答えた。「さっきは全然別の質問をしたかったんだ。君はストライキをする労働者に共感したり、真摯《しんし》な社会主義者だったりする人間の気持ちを想像できるかね？」

「ふむ」マルキュスは一心に考え込んでから、こたえた。「それは想像するべきだと思う。その男はこう考えるかもしれないね――共和制は社会契約の上に成り立つのだから、自由契約をすら廃《すた》れさせてもかまわないのだと」

「有難う」ポンド氏は満足げに言った。「それが聞きたかったんだ。そいつは〝ポンドの逆説の法則〟に――こんなふざけた言い方をしても許されるなら――重要な貢献をしてくれる。では、向こうへ行って、ムッシュー・ルイと話をしようじゃないか」

彼は呆気にとられている役人の前で立ち上がり、役人は、素早くカフェを横切って歩いて行くポンド氏について行く以外の選択肢を思いつかなかった。元気溌溂でおしゃべりな若者たちがムッシュー・ルイに別れを告げているところだった。ムッシュー・ルイは慇懃《いんぎん》な態度で新来の客を空《あ》いた椅子に坐らせると、何かこんな意味のことを言った。「若い友人たちは、いくらか社会主義的な意見で、私の孤独をしばしば慰めてくれるのですよ」

「僕はあなたの若いお友達に賛成できません」マルキュスはぶっきら棒に言った。「古風な人間なので、自由契約を信じてるんです」

「私は年寄りですから、あなたよりもそれを信じているかもしれません」ムッシュー・ルイはにこやかに答えた。「ですが、獅子の契約[*5]が自由契約ではないということは、間違いなく非常に古い法の原則です。そして、餓えた人間と食べ物を独り占めしている人間との間に交わされる取引が、獅子の契約以外の何物かであるようなふりをするのは、偽善です」彼は避難梯子をチラリと見上げた。そこからは高い屋根裏部屋のバルコニーに登れるのだった。「私はあの屋根裏に、というより、あのバルコニーに住んでいるんです。もしもあのバルコニーから落ちて、忍び返しに引っかかったとします。そこから下の石段まではずっと離れているので、誰か梯子を持った人間が、一億フラン払うなら助けてやろうと持ちかけたとしましょう。その場合、私は彼の梯子を使ったあとに、一億フランは地獄へ取りに行けと言ったとしても、道義的に許されるでしょう。実際、地獄も無関係ではありません。なぜなら、切羽詰まった人間に向かって、自分に有利な条件を押しつけるのは不正の罪だからです。さて、あの貧しい人々はみんな切羽詰まっています。みんな忍び返しに引っかかって、餓え死にしようとしているのです。もし集団で取引してはいけないなら、かれらには取引など一切できません。あなたは契約を支持してはおられない。すべての契約に反対しておられる。なぜなら、あなたのおっしゃる契約は到底《とうてい》真の契約ではあり得ないからです」

ムッシュー・ルイの紙巻煙草の煙がバルコニーへ向かって立ちのぼる間、ポンド氏の眼は煙を追って、バルコニーを見た。そこには寝台らしいものと、衝立《ついたて》と、古い姿見が備えつけてあったが、どれもじつにみすぼらしかった。ほかには、骨董屋から買って来たような、錆びついた古い十字架形の剣があるだけだった。

「どうか、おもてなしさせてください」ムッシュー・ルイは愛想良く言った。「カクテルでもいかがですか。私はやはりベネディクティンを少々いただきますが」

彼が椅子に坐ったまま給仕の方をふり向いた時、一発の銃声が店中に鳴り響いて、目の前にあった小さな酒杯が粉々に砕けた。飲み物をこぼした銃弾は、飲んでいた人間から半ヤードほど逸《そ》れていた。マルキュスは慌ててあたりを見まわしたが、カフェに人影はなかった。もう遅かったからである。目に入る人間の姿といえば、外に立っている警官のがっしりした背中ばかりだった。しかし、マルキュスは恐怖のあまり真っ青になった。ムッシュー・ルイが小さい奇妙な仕草をし、それが何かを意味するとすれば、くだんの警官自身が一瞬ふり返って発砲したという意味にしか受け取れなかったからだ。

「たぶん、ささやかな注意なのでしょう――もう寝る時間だという」ムッシュー・ルイは明るく言った。「私は避難梯子を上がって、バルコニーで寝ます。お医者さん方は、この屋外療法をたいそう勧めますな。じつをいうと、私の一族はいつも人の見ている前で寝て

＊5　契約する二者の一方が条件を決めて、他方はそれに従うしかない契約。

いたのです。浮浪者もよくそうするじゃありませんか？　では、おやすみなさい」

彼は鉄の梯子を軽やかに攀《よ》じ登ると、驚いた二人が見ているうちに、バルコニーでゆったりした部屋着に着替え、寝支度を始めた。

「ポンド」とマルキュスは言った。「僕らは意味をなさない悪夢の中にいるんだ」

「いいや」とポンドはこたえた。「これで初めて意味をなして来たよ。私は馬鹿だったが、やっとどういうことなのかわかって来た」彼はちょっと考え込んでから、少し言訳がましくまた語りはじめた。

「〝ポンドの法則〟という馬鹿な冗談をまた持ち出しても、許してくれたまえ。中々役に立つ原則を発見したと思うんだ。それはこういうことだ。人間は必ずしも自分のものではない原則を支持して議論することがあり得る。その理由はさまざまで、ふざけた討論での冗談だったり、法廷弁護士などが職業上の作法として言ったり、あるいは何か見過ごされていて、強調する必要のあることをただ大袈裟に言ったり、という具合だが、もちろん、中には偽善的に、あるいは報酬のためにそんなことをする輩《やから》もいる。人間は自分のものではない原則を支持して議論することができる。しかし、人間は自分のものではない原則によって議論することはできない。たとえ詭弁を弄《ろう》したり、何かを弁護したりするにしても、そのために想定する第一原則は、おそらく自分自身の根本的な第一原則だろう。言葉遣いからして、彼を裏切るだろう。あのボルシェヴィキの本屋はブルジョワだと自称したが、ブルジョワについてボルシェヴィキのように語った。搾取《さくしゅ》や階級闘争のことを語った。それと同じように、君は自分が社会主義者だと想像しようとしたが、社会主義者のようには語らなかった。ルソーのように社会契約のことを語った。さて、我らが友ムッシュー・ルイは、ストライキをする労働者や社会主義者にさえも同情して、そのことを自己弁護していた。しかし、彼は何よりも一番古く伝統的な議論、ローマ法よりも古い議論を用いた。獅子の契約についての考えは獅子《レオ》と名のつく法王と同じくらい古く、レオ十三世[*6]よりずっと古いよ。従って、彼は君のルソーや〝革命〟よりも古い何物かを代表しているんだ。彼が五つと言葉を言わないうちに、私にはわかった。彼は物語に出て来る強請《ゆすり》をやる悪党ではない。しかし、物語のような人なのだ。彼を合法的に逮捕することはできるが、少々変わった罪名によって捕まえるしかない。いや、やはり逮捕することはできないな。暗殺することしかできない。

　強請という容疑はたった一つの場面に基づいている。路上で貴婦人が彼に向かって跪いた場面だ。貴国《おくに》の御婦人方は形式や礼儀作法を重んずるから、極端に苦しんだり絶望したりしない限り、そんなことをするはずがないという君の言い分は正しい。君はたぶん、そ

＊6　聖レオと呼ばれるレオ一世以来、レオという名のローマ法王は十三人いる。十三世は在位一八七八－一九〇三年でチェスタトンの同時代人。

れが極端な形式と礼儀作法にすぎないかもしれないとは思いつかなかったんだろう」

マルキュスはゆっくりと言いかけた。「一体全体、何を——」

すると、ポンド氏が小気味良く言い放った。

「それから、あの剣だ。剣は何に使うものだね？　闘うためというのは馬鹿げている。あの男も鉄砲で撃ってくる相手に向かって、中世の剣を振りまわしはしないだろう。もし決闘に使うのなら、決闘用の剣を、おそらく箱に二振り入れて持っているだろう。ほかに剣で何ができるかね？　うん、呑み込むこともできるね。私もいっとき、彼は奇術師かもしれないと思った。しかし、あれは大きすぎて呑み込めないから、この考えも丸呑みできない。剣ではできるが、槍でも、鉄砲でも、戦斧《せんぷ》でもできないことといったら、何だろう？　君は騎士叙任式のことを聞いたことがあるかね？　大昔には、騎士なら誰でも人を騎士にすることができた。しかし、近代の習慣では、それができるのはただ——」

「ただ——」マルキュスは言いながら、目を丸くした。

「ただ国王だけだ」とポンドは言った。若い共和主義者はこの挑戦を受けて、ハッと身を硬張らせた。

「そうとも」とポンドは語りつづけた。「国王がこっそりこの国に戻って来たんだ。君のせいではないよ。共和国というものは、共和主義者がみんな君のように立派なら、上手く行くかもしれないが、君も白状したように、現実はそうではない……それこそ彼が人の見ている前で寝ることの意味なんだ。知っての通り、昔の王様は本当に人前で寝た。しかし、彼にはもう一つの理由があった。一つだけ、本当の心配があった。ひそかに国外追放されないかということだ。もちろん、法的に彼を国外追放することは可能だろう。こういう共和国はみんな、王党派の権利主張者が国内に留まることを禁ずる法律を持っている。しかし、政府がもしそれを人の見ている前で行ったら、彼は自分が国王だと宣言するだろう。そして――」

「なぜ人の見ている前でやらないんだ？」共和主義者は破裂《はじけ》るように言った。

「政治家は物事をあまり理解しないが、政治だけはたしかに理解している」とポンドは物思わしげに言った。「つまり、大衆や運動への直接の効果を理解している、ということだ。あの男は何らかの方法で潜入し、自分の正体さえも知られないうちに、個人的な人気を高めるための運動を開始した。彼が一度《ひとたび》人気者になってしまうと、連中にはどうしようもなかった。どうしてこんなことが言えるだろう――『そうだ。あいつは人気がある。民衆と貧しい者の味方だ。若者はあいつの指導を受け入れる。しかし、あいつは国王だから、去らねばならない』などと。かれらは人々が恐ろしいことにこう答えかねないのを知っている――『そうとも、彼は国王だ。だから、神かけて、留まっていただかなければならない』」

ポンド氏がこの物語を――もう少し長々と、しかし、もっとずっと古典的な言葉遣いで――語り終える頃、牡蠣はもう食べ終わっていた。彼は物思わしげに貝殻を見つめて、こう言い足した。「君たちはもちろん、貝殻追放という言葉の意味を憶えているだろう。その意味はこうだ――古代のアテネでは、人は時に重要人物だというただそれだけの理由で追放され、投票は牡蠣殻によって記録されたんだ。この場合、彼は重要人物であるために追放されるべきだったが、あまりにも重要だったので、誰にもその重要さを言ってはならなかったんだよ」

恋人たちの指輪

「前にも言った通り」ポンド氏は、例によって明解だが少し長い話の終わる頃に、こう述べた。「ここにいるガヘガン君はまことに真実な人間で、気まぐれな、必要もない嘘をつく。しかし、この真実さそれ自体が――」

ガヘガン大尉は、誰がどんなことを言っても丁重に感謝するといったふうに、手袋を嵌めた手を振った。上着にことのほか派手な花を挿していて、いつになく華やかな格好に見えた。しかし、そのささやかな話し合いの第三の参加者であるサー・ヒューバート・ウォットンは、椅子の上で身を起こした。ガヘガンは嬉しそうだが、少し上《うわ》の空な様子をしていたのに対し、ウォットンは疲れを知らぬ知的な注意を払って、言葉の流れを追っていたからである。こういう唐突で不合理な発言は、つねにサー・ヒューバートを直立させたのだった。

「もう一回言ってくれ」と彼は多少の皮肉をこめて言った。

「ああ言えばわかるはずだよ」とポンド氏は抗弁した。「本当の嘘つきは、気まぐれな、必要もない嘘はつかない。賢明で、必要な嘘をつくんだ。ガヘガンはいつか海蛇を一匹ではなく、六匹も見た――どの海蛇も、その前に見た奴より大きかったと言ったが、あんなことを言う必要はなかった。ましてや、そのあとの話はなおさらだ――あとから来た蛇が前の奴を順々に丸呑みして、一番最後に現われた奴は、口を開《あ》いて今にも船を呑み込みそうだったけれども、じつは食べすぎてげっぷが出ただけだとわかり、怪物は突然眠り込んでしまった、というんだからね。蛇のお腹《なか》の中の蛇がげっぷをして、蛇のお腹の中の蛇が眠り込んだ時の数学的均整について、くだくだしく語るのはよそう。もっとも、一番小さい奴は食事をしなかったから、食べる物を探しにブラリと出て行ってしまったそうだ。いいかね、ガヘガンには、こんな話をする必要はなかった。賢明な話でもない。こいつのおかげで彼の社会的地位が高まるとか、科学研究に貢献したといって褒美や勲章をもらえるとかいったことは、まずあり得ない。学界は、なぜか知らないが、一匹の海蛇の話にさえ偏見を抱いているから、物語をこのままの形で受け入れることは、なおさらありそうにない。

それから、ガヘガン大尉は我々にこんな話もしたね。彼は以前、広教会派の宣教師だったことがあって、非国教徒の教壇で、その次は回教徒の寺院《モスク》で、さらに、その次はチベットの僧院で説教をした。しかし、彼を一番温かく迎えてくれたのは、あの地方にいる有神論者の神秘的な宗派で、その人たちはこの上ない霊的昂揚状態にあり、彼を神の如く崇めたが、そのうちに、連中は人身御供《ひとみごくう》が大好きで、ガヘガンを犠牲《いけにえ》にするつもりなんだとわかった。この話もまったく不必要だったね。広教会派の聖職者だったからといって、現在の職業で出世するとは思えないし、現在やっていることの助けになるとも思えない。あの物語は一部分、譬《たと》え話か寓話だったんじゃないかと思うが、ともかく、まったく不必要で、明らかに虚偽《いつわり》だった。そして、あることが明らかに真実でない時、それは明らかに嘘でもない」

「仮に」とガヘガンが唐突に言った。「仮に僕が、本当に真実である物語を聞かせたら？」

「私はそれを大きな疑いをもって見るだろうね」ウォットンが険《けわ》しい顔で言った。

「やっぱり荒唐無稽な物語をしていると思うわけかい。でも、どうして？」

「君の話は荒唐無稽な物語にそっくりだろうからだ」とウォットンがやり返した。

「でも、思わないか」大尉は考え深げにたずねた。「現実生活も時々、荒唐無稽な物語に似たものになると」

「思うに」ウォットンは彼の奥深くに潜んでいる、本物の洞察力を示してこたえた。「私はいつでも違いを見分けられるだろう」

「君の言う通りだ」とポンドが言った。「そして私には、違いはこの点だと思われるね。〝生〟は部分部分をとってみると芸術的だが、全体としては、そうではない。異なるいくつもの芸術作品の破片に似ている。何もかもまとまって調和していると、我々は怪しいと思う。私はガヘガンが六匹の海蛇を見たといっても信ずるかもしれないが、それぞれが前の奴より大きかったということは信じない。もしも最初に大きいのがいて、その次に小さい奴がいて、それから、もっと大きい奴がいたと言ったら、我々を騙せたかもしれない。我々はよく、ある社会的状況が小説のようだと言うが、それは小説のようには――少なくとも、同じ小説のようには終わらない」

「ポンド」とガヘガンは言った。「君には霊感があるか、悪魔が静かにのりうつっているんじゃないかと時々思うよ。君がそんなことを言うとは不思議だ。僕が経験したのは、まさしくそういうことだったからだ。ただ違うのは、それぞれの見慣れたメロドラマがプッツリ断ち切れた結果、もっと陰気なメロドラマに――あるいは悲劇になったことだ。この一件では、何度も何度も、雑誌の小説の中にいるような気がしたよ。でも、しばらくすると、全然べつの物語になった。いわば走馬灯か悪夢みたいなものだ。ことに悪夢だね」

「ことに、というのはなぜなんだね?」とウォットンがたずねた。

「恐ろしい話なんだ」ガヘガンは声を低めて言った。「でも、今じゃそれほど恐ろしくもないけどね」

「もちろん」ポンド氏がうなずいて言った。「君は幸福だから、恐ろしい話をしたいんだろう」

「そいつはどういう意味だ?」ウォットンがたずねた。

「つまりね」とガヘガンが言った。「今朝、結婚の約束をしたということさ」

「まさか君が――いや、失礼」ウォットンは顔を真っ赤にして言った。「そいつはもちろん、おめでたいことだ。しかし、悪夢と何の関係があるんだね?」

「関係はある」ガヘガンは夢見るように言った。「でも、君が聞きたいのは恐ろしい話で、幸福な話じゃあるまい。うん、あれはちょっと謎だった――少なくとも、僕にとっては。でも、結局は理解できた」

「それで、我々を煙に巻くのが終わったら、謎解きをしてくれるんだろう?」

「いや。謎解きならポンドがしてくれるよ」ガヘガンは意地悪く言った。「彼はもう得意になってる。どんな話か、聞く前から見当がついているからさ。もし彼が話を聞いて、結末をつけられなかったら――」ガヘガンは言葉を切り、それから、もっと中身のある話をはじめた。

「事の起こりは、ある晩餐会なんだ。クローム卿が開いた、いわゆる男だけのパーティーで、クローム卿夫人が主役をつとめたカクテル・パーティーの続きだった。クローム卿夫人は背の高い、キビキビした優雅な人で、黒髪の小さい頭をしていた。クローム卿は夫人と正反対で、肉体的にも精神的にも、あらゆる点で『頭《つむり》の秀でた』人物だった。手斧《ちょうな》のような顔[*1]という言葉を聞いたことがあるだろう。彼の顔は自分の頭を――いや、むしろ自分の胴体を切り落としてしまう手斧だった。軽小な、重要でない部分を取り除いてしまったわけだ。彼は倹約家で、あの素晴らしい奥さん——あの矢のように素早い白鳥が通ったあとについて来る御婦人方に呆れ果てて、少しうんざりしているような印象を与えた。だから、きっと男だけの落ち着いた席が欲しかったんだろう。ともかく、彼はパーティーが終わったあと、男の客を何人か引きとめて、ささやかな晩餐会を開いた。僕はたまたまその客の一人だったが、それにもかかわらず、お客は選《え》り抜きの面々だった。

選り抜きの面々だったが、選ばれたようにはとても思えなかった。おおむね名のある人たちだったけれども、クロームはその名前を無作為に選んだかのようだった。僕が出くわした最初の人物はブランド大尉といって、英国陸軍きっての巨漢将校と言われていたが、戦略を遂行する上では、もっとも能無しの将校だろうと思う。もちろん、見かけはじつに立派だ——金と象牙のヘラクレス像みたいで、戦争の時も彫像と同じくらい役に立つだろう。僕は一度、金と象牙を意味する『クリセレファンタイン』という言葉を使ったが、あいつは自分が象《エレファンタイン》のようだと言われたんだと思った。本当の紳士《バカ・サーヒブ》の古典教育だね。

その隣に坐っていたのは、クランツ伯爵というハンガリーの科学者で社会改革家だった。この男は二十七の言語を話し、その一つは哲学者の言語だった。ブランド大尉とは一体何語でしゃべったんだろう。

伯爵の向こうにいた男は、どちらかというとブランド大尉のタイプだったが、もっと色が浅黒く、痩せていて、元気がよかった。ベンガルの連隊にいるウースターという男だった。この男の言葉もやはり限られていて、ポロー、ポラース、ポラットというラテン語の動詞だけだ――我はポロをする、汝はポロをする、彼はポロをする、あるいは（もっと手厳しく）彼はポロをしない、だ。しかし、ポロというのはアジアの遊技で、その起源を辿るには、飾り文字や飾り絵が一杯入ったペルシアとインドの写本という金ぴかのジャングルを通り抜けなければならない。そのように、このウースターという男には、かすかにアジアの血が混じっているようなところがあった。黒い縞の入った虎さながらで、ジャングルを滑るように進む姿が想像できた。この二人は少なくとも、まずまず似合いの取り合わせに見えた。というのは、クランツ伯爵も色の浅黒い美男子で、弓形《ゆみなり》の黒々したアッシリア風の眉毛をしていて、長い黒鬚《くろひげ》が扇か鳥の尾のように広がっていたからだ。

　僕はその隣に坐り、ウースターとはかなりうまが合った。僕の向かいにはサー・オスカー・マーヴェルがいたが、彼は偉大な俳優であり座頭《ざがしら》であって、いかにも立派な堂々たる風采で、オリュムポスの神々のような巻毛とローマ鼻を持っていた。この人もあまり周囲《まわり》と和気《わき》藹々《あいあい》ではなかった。サー・オスカー・マーヴェルはサー・オスカー・マーヴェルのこと以外語ろうとしなかったし、ほかの客はサー・オスカー・マーヴェルのことなど少しも話したくなかったからだ。

＊1　痩せて尖った顔を意味する。

残る三人のうち一人はピット＝パーマーという新任の外務次官で、アウグストゥス皇帝の胸像みたいな、非常によそよそしい顔つきの青年だった――実際、古代人に似ているだけあって、古典の教養も相当あり、古典をちゃんと引用することもできただろう。それから、イタリア人の歌手がいたが、僕には名前を憶えられなかった。ポーランド人の外交官もいたが、誰も名前を憶えられなかった。そんなわけで僕はパーティーの間中、『何ておかしな連中を蒐《あつ》めたんだろう！』と思っていた」

「そういう話なら知ってるよ」ウォットンが自信ありげに言った。「ユーモアのある主人が、気の合わない人間を大勢集めるんだ。喧嘩するのをながめて楽しむためにね。アントニー・バークリーの探偵小説に、じつに面白く書いてある」

「いや、違うよ」とガヘガンはこたえた。「相性が良くなかったのはただの偶然だと思うし、クロームもそれを利用して喧嘩させようとはしなかった。実際、じつに気の利く主人役でね、喧嘩を防いだと言った方が真実に近いだろう。しかも、そのために先祖伝来の家宝だの宝石だの話を持ち出したのは賢いやり方だった。あの席の客はそれぞれ毛色が変わっていたけれども、大部分金持ちで、いわゆる名家の出だったから、共通の話題として、これに勝るものはなかったからね。例のポーランド人は、頭は少し禿げているけれども、品が良くて、立居振舞は魅力的だし、テーブルにつくと一番機智に富んだ男だった。彼はソビエスキー*2の勲章が最初はユダヤ人の手に渡って、次にプロシア人の、次にコサックのものになった遍歴譚を面白く語っていた。髪の毛がなくておしゃべりなこのポーランド人とは対照的に、向こう側に坐っているイタリア人は、ボサボサの黒髪の下で黙りこくり、少し不機嫌な様子だった。

『あなた御自身が嵌めておられるのも、面白そうな指輪ですな、クローム卿』とポーランド人は慇懃《いんぎん》に言った。『そういう大きな指輪はたいてい由緒あるものです。私としては司教の指輪か、それよりも上等なローマ法王の指輪を嵌めてみたいものだと思います。でも、そうなると、ローマ法王になるためのわずらわしい準備がありますからな。まず独身でなければならないが、私は——』と言って、肩をすくめた。

『それはさだめし厄介でしょう』クローム卿は硬い表情で微笑《わら》いかけながら、言った。『この指輪に関して申しますと——そう、ある意味では中々興味深いものです。もちろん、一族の歴史に関わりがありましてね。詳しいことは知りませんが、十六世紀の作であることは明らかです。ごらんになりますか?』そう言って、紅い宝石のついた大きな指輪を指から抜き、隣席に坐っているポーランド人に渡した。その指輪には、良く見ると、きわめて見事なルビーがいくつもまとめて埋め込んであり、薔薇《ばら》の花の真ん中に心臓をあしらっ

*2 ポーランドの名将(一六二九―九六)。オスマン・トルコとの戦いなどで活躍。自由選挙で国王ヤン三世となった。

た意匠の彫刻がしてあった。僕自身もそれを見た。指輪は次々に手渡されて、テーブルを一周したからだ。それには、古いフランス語で『愛する者のみこれを捧ぐ、愛されし者のみこれを受く』というような意味の文字が入っていた。

『御当家にまつわる恋物語なのでしょうね?』ハンガリーの伯爵が言った。『そして十六世紀頃の話だ。しかし、物語は御存知ないのですか?』

『存じません』とクロームは言った。『でも、おっしゃるように、一族にまつわる恋物語だったのだと思います』

　一同は十六世紀の物語の話を始めて、しばらくしてから、クロームが、『みなさん指輪をごらんになりましたか』とたいそう丁寧に訊ねた」

「ああ」ウォットンが、奇術師の芸を見ている学校生徒のように深い息をして、言った。

「何にしても、この話なら知ってるよ。こう言って良ければ、雑誌向きの物語だ! 指輪が返って来なくて、全員が身体検査を受けるか、誰かがそれを拒わるんだ。その男が身体検査を拒わるには、おそろしくロマンティックな理由があった」

「あたってるよ」とガヘガンが言った。「途中まであたってる。指輪は返って来なかった。僕らはみんな身体検査を受けた。みんな、調べてくれと要求した。誰も調べられるのを拒《こと》わらなかった。しかし、指輪は消えてしまった」

　ガヘガンは落ち着きなく身体をねじって、椅子の背に片腕を投げかけたが、ややあって、また話をつづけた。

「頼むから、僕が君の言うようなことを感じなかったとは思わないでくれたまえ。僕らは小説の中に——それも、あまり新味のない小説の中に入り込んでしまったような気がした。しかし、違いはまさにポンドが言うことだった。その小説はちゃんと終わらなくて、何か別のものにつながってゆくみたいだったんだ。指輪がなくなったことに気づいて騒ぎが起こったのは、食事も終わってコーヒーが出る頃だった。だが、身体検査だ何だという馬鹿騒ぎはすぐに片づいたから、その間にコーヒーが冷めることもなかったんだが、クロームは新しいのを持って来させようと言った。もちろん、それには及ばないとみんなは言ったが、クロームはコーヒーを客に出した執事を呼んだ。二人は小声で話し合ったが、明らかに興奮した様子だった。やがて、ピット＝パーマーがコーヒーカップを口元に持ち上げようとすると、クローム卿は突然硬くなって跳び上がり、大声で鞭を打つようにぴしゃっと言った。

『諸君、このコーヒーには触らないでください。毒が入っています』」

「だが、何てことだ」ウォットンが口を挟んだ。「べつの話じゃないか！　おい、ガヘガン、君は夢を見ていたんじゃないだろうな？　時代遅れの雑誌を山ほど読んだ揚句、結末をみんな一緒くたにしたんじゃないだろうな？　もちろん、一座の人間全員が毒を盛られる物語は知ってるが——」

「結末は、この場合、むしろそれよりも異常だった」とガヘガンは落ち着いて言った。「青天の霹靂《へきれき》みたいな脅しをかけられて、僕らはみんな、当然のことだが、石像のように坐っていた。ところが、冷ややかな、彫りの深い、古代人のような顔をしたピット＝パーマー青年は、コーヒーカップを手に持ったまますっくと立ち上がって、いとも平然と言った。

『申し訳ありませんが、コーヒーが冷めるのは厭《いや》でしてね』

そう言って、カップを乾した。すると、どうだ、彼の顔は見るみるどす黒くなった。恐ろしい色が混じったようになったと言っても良い。そして凄まじい、人間のものとは思えない声を立てて、発作でも起こしたように我々の目の前でバッタリ倒れたんだ。

もちろん、初めのうちは、はっきりわからなかった。しかし、ハンガリー人の科学者は医学の学位も持っていて、この人の言ったことを、すぐに駆けつけた地元の医者も確認した。青年が死んだことに疑いの余地はなかった」

「つまり、医者は」とウォットンが言った。「毒殺ということで意見が一致したんだね？」

ガヘガンは首を振り、同じことを繰り返した。「死んだということで意見が一致したんだ」

「しかし、毒殺でなければ、なぜ死ぬんだ？」

「窒息したのさ」そう言ったあと、ガヘガンの力強い全身を一瞬戦慄が走った。

彼が興奮したため急に強《し》いられたような沈黙のあと、ウォットンがついに言った。

「君の言うことはさっぱりわからん。誰がコーヒーに毒を入れたんだ？」

「誰もコーヒーには毒を入れなかった。毒は入っていなかったからだ」とガヘガンが答えた。「毒が入っていると言ったのは、ただコーヒーをカップに残しておきたかったからなんだ——そのまま検査するためにね。気の毒なピット＝パーマーは飲む前に、大きい砂糖の塊を入れた。しかし、砂糖は溶ける。溶けない物もある」

サー・ヒューバート・ウォットンはしばらくじっと空《くう》を見つめていたが、やがてその両眼は、さほど回転は速くないが、それなりに本物である知性に光りはじめた。

「君が言いたいのは、こういうことかね。ピット＝パーマーは身体検査を受ける前に、指輪をブラック・コーヒーの中に落とした。そうすれば、見られないからだ。言い換えれば、ピット＝パーマーが泥棒だったのだね？」

「ピット＝パーマーは死んだ」とガヘガンはおごそかに言った。「だから、なおさら僕としては彼の遺名《いめい》を護らなければならない。彼がやったことはたしかに間違っていた。僕はそれが以前《まえ》よりもよくわかって来たよ。けれども、あのくらいのことなら大勢の人間がやっている。その種のありふれた悪行について、何と言おうと勝手だ。しかし、彼は泥棒じゃなかった」

「どういうことか説明してくれるかね？　くれないのかね？」ウォットンは急に腹を立て

て、声を上げた。

「いや」ガヘガンは突然疲れて億劫《おっくう》になったように、こたえた。「今度はポンド氏が説明してくれるよ」

「ポンドはそこにいなかったんだろう?」ウォットンは鋭くたずねた。

「うん、そうとも」ガヘガンは今にも眠ろうとする人間のように、答えた。「でも、彼の眉毛を見ると、すべて知っているのがわかる。それに、そろそろべつの誰かがしゃべる番だよ」

ガヘガンは取りつく島もないほど落ち着いて目を閉じたので、ウォットンは仕方なく第三者に鉾先《ほこさき》を転じた。その様子は面食らった闘牛の牛に似ていた。

「君は本当に、この事件のことを何か知ってるのか? 指輪を隠した男が泥棒じゃないというのは、どういう意味なんだ?」

「ふむ。私にも少しは想像がつくようだよ」ポンド氏は控えめに言った。「しかし、それはただ我々が初めに言ったことを心に留めているからにすぎない——現実の物事がロマンティックな物事を想起させて、人を惑わすけれども、ただ、けして恋物語のようにめでたく完結しない、という話だ。いいかね、問題はこういうことなんだ——現実の出来事が小説を思い出させると、我々はその小説についてすべてを知っているものだから、現実についてもすべて知っていると無意識に思い込んでしまう。読み慣れた作り話の筋道だか紋切型だかに嵌まり込んで、その筋道が、作り話の中でのように、前後につづいていると考えずにいられない。物語の背景が全部頭にあるものだから、じつはべつの物語の中にいることが信じられない。我々はつねに作り話の中で仮定されていることを仮定してしまうが、それは真実ではないんだ。間違った前提を正しいと思い込んだら、間違った答を出すばかりでなく、間違った問いを発する。この場合は謎に出会うが、間違った謎をつかまえている」

「ガヘガンは、君が何でも説明してくれると言うが」ウォットンは抑えた皮肉を利かして、言った。「これが説明なのかどうか、訊いても良いかね？　これは解決かい、それとも謎なのかね？」

「指輪の本当の謎は」とポンドは重々しく言った。「それがどこへ行ったかではなく、どこから来たかなんだ」

ウォットンは一瞬彼をじっと見つめ、それから、やや声の調子を変えて言った。「それで？」

ポンドは話しつづけた。「気の毒なピット＝パーマーが泥棒ではなかったとガヘガンが言ったのは、まことに正しい。ピット＝パーマーは指輪を盗んだりしなかった」

「それなら」ウォットンが堪《こら》えかねたように言った。「一体、どこの畜生が指輪を盗んだんだ？」

「クローム卿が指輪を盗んだ」とポンド氏は言った。

束の間、全員が黙り込み、やがて眠たげなガヘガンが身体を動かして、言った。「君には要点がわかると思ってたよ」

事情をはっきりさせるために、ポンド氏はほとんど言訳するようにつけ加えた。

「しかしだね、彼はあの指輪を回し見させなければならなかった。自分が誰から盗んだのかを知るためにね」

ややあって、ポンド氏はいつもの論理的だが小難しい言い方で話をつづけた。「わからないかね？　さっきも言ったように、君たちは最初に何かを仮定してしまう。物語に書いてあるという、ただそれだけの理由でね。晩餐の席で主人役が何かを順に回すと、それは彼と家族のもの、おそらくは先祖伝来の持物だと決めてかかる。なぜなら、物語ではいつもそうだからだ。しかし、あの指輪は一族の恋物語の記念だと、クローム卿が恐ろしい皮肉をこめて言った時、彼はもっと腹黒い、陰険なことを意図していた。

クローム卿は手紙を横取りしてあの指輪を盗んだんだ。言い換えれば、夫人宛の指輪以外に何も入っていない封筒を破って開けた。宛名はタイプライターで打ってあったし、この一件に関わりのある人間の筆跡を全部知っていたわけではなかった。しかし、指輪に刻まれた古い文字は見てわかった。それは指輪を贈る目的がただ一つしかあり得ないことを示していた。クローム卿があの男たちを集めたのは、贈り主が――言い換えれば、持主が誰かを知るためだった。ああすれば、持主は醜聞を防ぎ、証拠をなくすために、可能ならば何とかして指輪を取り返そうとするだろう――彼はそのことを知っていた。現にそれをやった男は悪党だったかもしれないが、たしかに泥棒ではあるまいよ。実際、異教徒の流儀ではあるが、中々の英雄だった。アウグストゥスの石像みたいな、冷たい、強い顔をしていたのも伊達《だて》じゃなかったんだね。彼はまず砂糖を取るふりをして、指輪をブラック・コーヒーにこっそり入れるという、単純だが賢い手段《てだて》を取った。コーヒーの中に入れておけば、さしあたっては人に見られないから、身体検査を受けても平気だ。すべてが恐ろしい夢に変わってしまうかに思われた、あの狂った瞬間――コーヒーに毒が入っているとクロームが金切り声で叫んだあの時、クロームは誤魔化しを見抜いて、必死の反撃に出たのだった。コーヒーに誰も手をつけず、指輪を取り返せると思ってしたことだが、冷然たる顔をしたあの青年は、恐ろしい死に方をすることを選んだ。大きな指輪を呑み込んで窒息し、彼の秘密、あるいはクローム卿夫人の秘密が見逃される可能性に懸《か》けたんだ。ともかく絶望的な可能性だったが、目的がそういうことである以上、おそらく彼に取り得る最善の方法だったんだろう。とにかく、ガヘガンが言ったことはじつに適切で、我々はみんなそれに賛成しなければいけないと思うね。あの気の毒な男の遺名は下種《げす》な勘《かん》ぐりから守られるべきだし、自分の指輪で窒息して死ぬことを選ぶ紳士は、けっして泥棒ではないということに」

ポンド氏は議論を終えると、軽く咳払いをした。サー・ヒューバート・ウォットンは問題よりもむしろ解決の方に当惑し、相変わらずポンド氏を見つめていた。ウォットンはやがてゆっくりと立ち上がった。現実に起こったことがわかっていても、それでもやはり悪い夢である何かをふり払おうとする人のようだった。

「ともかく、もう行かなきゃならん」彼はほっとしたが心は冴えない様子で、言った。「ホワイトホール[*3]に寄らなきゃいけないんだが、もう遅刻してしまったようだな。ところで、君の言うことが本当なら、これはごく最近の出来事に違いないね。私の知る限り、ピット＝パーマーが自殺したという報せはまだ伝わっていない――少なくとも、今朝はまだ聞いていない」

「昨夜のことなんだ」ガヘガンは、行儀悪く手足を伸ばして坐っていた椅子から立ち上がると、友に別れの挨拶をした。

ウォットンが行ってしまうと、残った二人の友達は長いこと黙りこくったまま、重苦しくお互いを見交わしていた。

「昨夜のことなんだ」とガヘガンは繰り返した。「だから、今朝のことに関係があると言ったんだよ。僕は今朝、ジョーン・ヴァーニーと婚約した」

「そうだね」ポンド氏は穏やかに言った。「わかるような気がする」

「うん。君は察していると思うけど」とガヘガンは言った。「それでも、説明してみよう。あの気の毒な男の死よりも、もっと恐ろしいことが一つあったのを知ってるかい？　それに気づいたのは、あの呪われた家から半マイルも離れてからだった。僕はなぜ自分がお客に招《よ》ばれたかを知ったんだ」

ガヘガンは立って、広い背中をポンドに向けたまま窓の外を見ていたが、最後の言葉を言うと黙り込んで、嵐模様の外の風景を見つづけた。おそらく、その風景の何かがべつの記憶を揺り動かしたのだろう。ふたたびしゃべり始めた時は、まるで新しい話題を持ち出したかのようだった――それは同じ話のべつな面だったのだが。

「午後、晩餐の前に庭でカクテル・パーティーが開かれたが、それについてはあまり話さなかったね。物事はクライマックスを認識しないうちは、何も認識できない――天気の話でもしているように聞こえるだろうと思ったからなのさ。しかし、昨日はちょっと変な天気だった。変といえば今でもそうだが、昨日はもっと嵐模様だった。嵐はもう行ってしまったんだろうな。あのパーティーは雰囲気も何か変だった。もちろん、天気のことは偶然にすぎないが、気象学的な状態のために、人間が精神的状態をいっそう意識することもある。庭の上には奇妙な、不気味な色の空がかかっていたが、それでも、時々かなり強い日

＊3　ロンドンの官庁街。

射しが、稲光のように気まぐれに射していた。インクと藍《あい》で染めたような途轍《とてつ》もなく大きい雲の山が、柱の並んでいる青白い家表《やおもて》のうしろに昇って来たが、家はまだ弱い光の中にあった。僕はその時でさえ、ピット＝パーマーが青白い大理石像で、建物の一部ででもあるような子供っぽい想像をして、ゾッとしたのを憶えている。けれども、ほかにはこの雰囲気の秘密を仄《ほの》めかすようなものはなかった。クローム夫人が彫像のようだなどとは、誰にも言えなかっただろう。夫人は楽園の鳥のように、ヒラヒラ飛びまわっていたからね。しかし、信じてもらえるかどうかわからないが、僕は初めから肉体的にも心霊的にも、一種の圧迫を感じていた――ことに心霊的な圧迫を。家の中に入って、食堂のカーテンが僕らを嵐の実際の光景から切り離すと、その感じはいっそうつのった。その部屋に掛かっていたのは古風な暗赤色のカーテンで、重々しい金色の房がついていたが、何だかあらゆるものが同じ染料に浸けられたかのようだった。僕はいわば暗赤色を見たんだ。人が赤い色を見る*4という言い回しを聞いたことがあるだろう。あの感覚をこれ以上巧くは表現できない。というのも、あれは最初から一つの感覚で、理由は何も思いあたらなかった。

それから、僕の目の前の席で、あの不吉な、胸の悪くなるような出来事が起こった。ポートワインの壜に入った暗赤色の葡萄酒とランプの笠の鈍《にぶ》い明かりが、今も目に浮かぶ。それでも、僕はまるで目に見えない無人格な存在になったみたいで、ほとんど自分を意識していなかった。もちろん、我々はみんな自分のことを訊かれて答えなければならなかったが、悲劇の道に割り込んで来た警察の大騒ぎについて話す必要はあるまい。取り調べはじきに済んだ。どう見たって、あれは自殺だったからね。会はお開きになり、お客は三々五々嵐の夜の庭へ出て、帰りはじめた。かれらは外へ出ると、新しい形、新しい輪郭《りんかく》をまとったように見えた。暑い夜と、恐ろしい死と、僕たちがその中で息をしようとした、喉を締めつけるような憎しみの濛気《もうき》との間で、僕は連中についてべつのことに気づきはじめた。たぶん、ありのままの姿が見えて来たんだろう。連中はもうチグハグではなく、グロテスクなほど調和していた――まるで醜悪な友愛に結ばれているかのように。もちろん、これは一つの気分、病的な気分であって、実際はかなり違う連中だった。しかし、ある共通点を持っていた。

僕はポーランド人が一番気に入っていた。あの男にはユーモアがあったし、行儀作法も立派だった。しかし、独身生活をしなければならないから、ローマ法王の地位は辞退すると慇懃に言った時、それが何を意味するのか、僕にはわかった。クロームにもわかったので、悪魔のようにニヤリと彼に笑いかけた。僕が気に入ったもう一人の男は、インド生まれのウースター少佐だったが、こいつは本当はジャングルの生き物なのだとなぜかピンと来たね。虎を狩るだけではない狩猟家、鹿を狩るだけではない虎なんだ。それから、アッ

＊4　激怒する、の意。

シリア風の眉と鬚を生やした、肩書つきの医者がいた。賭けてもいいが、あの男はマジャール人というよりもユダヤ人だったね。だが、ともかく、厚い鬚の中にある唇は分厚くて、アーモンド形の眼は、どうにも好きになれない目つきをしていた。連中のうちで一番厭な奴の一人と言っていいだろう。ブランド大尉については、馬鹿すぎて、自分の身体以外、何も理解できないだろうという以上の悪口を言うつもりはない。あいつは自分に心があるとわかるだけの心を持っていない。サー・オスカー・マーヴェルは誰でも知っている。毛皮の外套をひらめかせて堂々と出て行ったが、その背後《うしろ》には現代娘《フラッパー》たちの罪のない喝采が果てしなく谺《こだま》し――しかし、もっと愚かな女たちの喝采も聞こえる――というふうだった。イタリア人のテノール歌手についていうと、このイギリス人の俳優にいやに良く似ていた。それ以上の悪口は言えないだろう。

そうだ。連中は結局、選《よ》りすぐりの面々だった。利口だが、しかし、正気を失いかけている男が、ロンドン中の人間のうちから、妻を誘惑する悪だくみをしそうな六人の男として選んだんだ。その時、僕は愕然《がくぜん》として、文字通り我に返った。自分の存在を実感した。そして僕もそこにいたんだ。クロームは選り抜きの放蕩者を集めるために慎重な人選をした。そして名誉なことに、この僕も宴《よ》に招んでくれたんだ。

それが僕という男だった。少なくとも、そういう人間と思われていた。忌々しい洒落者で、ぶらぶら遊んでいる悪党で、いつも他人の女房の尻を追いまわしている……ポンド、君は僕がそれほどの碌《ろく》でなしじゃなかったことを知っている。でも、それを言うなら、ほかの連中だって同じかもしれない。この事件で僕らは全員無実だったが、それでも、雷雲は天罰のようにあの庭の上にかかっていた。君も憶えているいつかの事件でも、僕はやはり無実だったが、惚れてもいない女性につきまとったおかげで、危うく絞首刑になるところだった。でも、自業自得だ。僕らの醸《かも》し出す雰囲気が悪かったんだ――昔の人がいみじくも魂の状態と呼んだもの、恥知らずな新聞記者どもが性的魅力と呼ぶものが悪かったんだ。そのために僕は絞首刑にされかかったし、そのために僕が出て来た家には死体があった。そして僕の頭の中を、遠い昔に書かれた古い詩の文句が、軍隊の重い足踏みのように通り過ぎた。それは伝説中の道ならぬ恋のうちでも一番気高いものに関する言葉で、ギネヴィアが最後にランスロットを拒んで言う台詞だ。*5 僕にはその言葉が鉄の響きのように聞こえた――

なぜなら君も知るごとく、
およそ浮世にあるものは

*5　アーサー王の妃ギネヴィアは騎士ランスロットと道ならぬ恋をするが、王の死後尼となり、ランスロットの迎えを拒む。

淫らな苦しき争いと
人の死、深き悩みのみ。

僕はそういうものにうつつをぬかしながら、自分がやっていることにはっきり気づかなかった――青天の嵐のように、二つの天罰がふりかかるまで。僕はもう少しで、黒い帽子に血紅の衣を着た裁判官から、息絶えるまで首縊《くびく》るべしという判決を言い渡されるところだった。そして、もっと悪いことに、クローム卿の招待を受けた」

ガヘガンは依然窓の外を見つめていたが、ポンドは彼がふたたび遠雷の微かな唸《うな》りのようにつぶやくのを聞いた。「人の死、深き悩みのみ」

そのあとに続いた索漠《さくばく》たる沈黙の中で、ポンド氏はごく小さな声で言った。

「君の問題は、中傷されるのが好きだったことだ」

ガヘガンはふり返った。双手《もろて》を上げるような格好をしたので、窓枠の中が彼の巨体で一杯になるようだったが、その顔は目立つほどに青ざめていた。

「降参するよ、そうとも。僕はそれほどちっぽけな人間なんだ」

彼は友に微笑みかけたが、どんよりした薄気味の悪い微笑みで、それからまた語りつづけた。

「そうだ。僕はどんな悪徳よりも、悪徳より性質《たち》の悪い、薄汚い虚栄という襤褸《ぼろ》切れが好きだったんだ。どれほど多くの人間が、阿呆どもに誉められたくて魂を売り渡したことだろう？　僕はただ阿呆どもに疑われたくて、同じことをやりかけた。危険な男、正体の知れない男、良家の子女が恐れるべき男——そんなものになりたいという見下げ果てた野心のために、人生の大半を無駄にして、恋を実らせることも失敗《しくじ》るところだった。僕がのらくらしていたのは、悪い評判を諦められなかったからだ。揚句の果てに、吊るし首になりかけた」

「そういうことだと思っていたよ」ポンド氏は彼のもっとも取り澄ました、丁寧な口調で言った。すると、ガヘガンはまたどっとしゃべりはじめた。

「僕は見かけよりましな人間だった。しかし、それに何の意味があったろう——実際より自分を悪く見せたがったという霊的な冒瀆《ぼうとく》のほかに？　悪徳を行う人間よりもずっと性質《たち》の悪いことに、悪徳を讃えていたという以外、一体何の意味があり得ただろう？　そうだ。自分の悪徳を讃えた——そんなもの、実際にはなかったのに。僕は新手《あらて》の偽善者だったが、僕が持っていたのは、美徳が悪徳に払う敬意だった」

「しかしながら、私の思うに」ポンド氏はあの妙に冷たくて、よそよそしい、そのくせ誰の心も大いに慰める口調で言った。「君はもう事実上治ったんだろう」

「治ったとも」ガヘガンは怖い顔をして言った。「だが、僕を治すためには、二人の死人と処刑台が必要だった。肝腎な点は、何が治ったかということだ。こう呼んでもかまわなければ、お医者先生、君の診断は見事にあたったよ。僕は中傷されることの秘かな悦楽《たのしみ》を捨てられなかったんだ」

「しかし、今では」とポンド氏は言った。「ほかに考えなければならないことができたから、耐え難い美徳の名を負うことにも我慢できるのではないかね」

ガへガンは突如笑い出した。耳障りな声だったが、しかし、心の底からの笑いだった。彼がそのあと最初に言った言葉を笑いの奇妙な延長と思う人もいるだろう。「僕は今朝告解や何かをしに行った。そして、ここへ来たのも、もっと漠然とした形で君に告白するためだった。あの男を殺してなんかいない。あの男の奥さんを口説《くど》いたことは一度もない。要するに、自分は見かけ倒しだった。危険な男じゃないんだと告白するためにだ……ともかく、僕はそういったことを全部やり終えると、口笛を吹きながら、小鳥のように楽しく出かけて行った——どこへ行ったかは知っているね。もうずっと前に話をつけなきゃいけなかった娘がいる。しかも、僕はずっとそうしたかったんだ。そこが逆説さ。しかし、ポンド、君のどんな逆説よりもずっとくだらない逆説だね」

ポンド氏は静かに笑った。自分がすでに知っていることを誰かが長々と話すと、たいていそうするのだった。彼はまだそんなに年老《としと》ってもいないし、態度とは裏腹にさほど冷淡でもなかったから、ガへガン大尉のいささか焦《じ》れったい恋物語の結末について、多少察しがついていたのである。

この物語は、一つの話がべつの話と混じって物語がこんぐらかる傾向にある——ことに実話に於《お》いてそれが甚《はなは》だしいという発言から始まった。また、この物語はクローム卿の邸で起こった異常な悲劇と醜聞——あの前途有望な青年政治家ピット＝パーマー氏が、不可解にもバッタリと倒れて死んだのである——と共に始まったので、やはり、それと共に終わるべきであろう。実際、公に行われた感銘深い葬儀の模様を然るべく叙述して終えなければならない。新聞紙上で故人に捧げられた賞讃の合唱。議会の全党の党首が墓前に花の如く手向《たむ》けた、いかめしい賛辞——「我々は政見に於いては大いに意見を異《こと》にしたかもしれないが」に始まる野党党首の雄弁から、「我々の主張はいとも高貴な人格からも独立したものと信ずるが、さるにても悼《いた》まずにはいられぬ云々」に始まる院内総務のさらに雄弁な（そんなことがあり得るなら）言葉に至るまで。

　ともあれ、ピット＝パーマーの葬儀からガヘガンの婚礼に脱線するのは、この物語の本筋からひどく逸《そ》れることになる。すでに仄《ほの》めかしたように、この衝撃的な出来事がガヘガンに与えた影響は、彼を古い恋人——古いといっても、まだ十分若い恋人のもとに帰らせたことだった。当時、演劇界ではヴァイオレット・ヴァーニー嬢という人物が目立っていた。ほかの形容詞を使わず、「目立って」という言葉を選んだのは、いささか用意があってのことである。社会一般の見地からすると、ジョーン・ヴァーニー嬢はヴァイオレット・ヴァーニー嬢の妹だった。ガヘガン大尉のひねくれた個人的見解では、ヴァイオレット・ヴァーニー嬢はジョーン・ヴァーニー嬢の姉だったし、彼はこの血縁関係を強調したくなかった。ジョーンは愛していたが、ヴァイオレットは好きでさえなかったのである。だが、ここでもう一つの物語の縺《もつ》れに立ち入る必要はない。こうしたことはみんな『イスラエル王歴代誌』に書いてあるではないか？

　次のことだけ申し上げれば、十分だろう。嵐が去って空が晴れ晴れと輝くその朝、ガヘガン大尉は細い裏道にある教会から出て来ると、ヴァーニー家に向かって、いとも陽気に道を歩きはじめた。行ってみると、ジョーン・ヴァーニー嬢は小鍬《こぐわ》を手に庭を歩きまわっていたところで、ガヘガンは二人にとって大事なことをいくつか告げた。ヴァイオレット・ヴァーニー嬢は、妹がガヘガン大尉と婚約したことを聞くと、称讃に値する素早さで演劇人の集まるとあるクラブへ行き、多少とも生まれの良い大勢の間抜けのうちで、役に立ちそうな男と婚約した。この婚約は一月もすると賢明に解消してしまったが、彼女は社交界新聞各紙に、自分の婚約の話を先に記事にさせたのだった。

恐ろしき色男

「自然界に於《お》いて、高く上るものを見つけるためには、低いところへ下りて行かねばならない」この言葉は通常、蒐集家たちによって、『ポンド氏逆説集』の中に収められている。というのも、少し退屈で、著《いちじる》しくもっともな談話の終わりの方に出て来たが、何も意味をなさなかったからだ。こうした逆説はポンド氏の文体的方法の汚点として認められている。だが、じつをいうと、この場合は、旧知のポール・グリーン博士、『犬か猿か』、『類人猿の研究』『ネアンデルタール人の進化に関する覚え書き』等々の著者から剽窃《ひょうせつ》したのだった。

ポール・グリーン博士はやや小柄な男で、青白く、細身で、少し跛《びっこ》を引いていたが、その活動は、肉体の運動という意味でも割合に目を惹くもので、その精神に至っては速射砲のごとく敏速に働いた。

ある晴れた日の午後、ポンド氏の過去から現われ、衝撃的な、神経を狂わせるような報せを持って来たのは、この古い知人だった。それは銃声のように人をギョッとさせる報告だった。

しかし、そのような信頼すべき筋から、友人のガヘガン大尉が、じつは逃げ出した殺人犯なのだと言われても、ポンド氏は「ふふん」と言っただけだった。彼はいわゆる控えめな表現をする癖がついていて、そのギリシア語の呼称[*1]も知っていたが、無闇に使うことはなかった。実際、会話はなにげなく始まり、博士の健康のことから、動物の習性を研究する博士の趣味のことへ移った。エオヒップス[*2]に関するちょっとしたおしゃべり、カネンシス原人についてのおひゃらかし、ヴィアユトン[*3]の『四足獣の反射運動に関する研究』についての冴えた言い合いといったもので、話は幾分丁々発止《ちょうちょうはっし》の鋭さを帯びて来た。ダーウィンと自然淘汰のこの問題に関して、二人の友達はけして意見の一致を見たことがなかったからだ。

「私には金輪際《こんりんざい》わからないね」とポンド氏が言った。「身体が変化して動物が助かるという話は、変化がすぐに起こるならあり得るかもしれないが、緩慢《かんまん》に起こったとすると、どうしてそれが役に立つだろう。曾孫の代にやっと変化するという調子では、その動物はとっくの昔に死んでしまって、孫も残さないだろう。たとえば、私に脚が三本あったら、二本脚でしっかり立って、もう一本の脚で役所の同僚を蹴とばすのに便利かもしれない。脚が三本あれば便利かもしれないが、未発達な脚が一本ついているだけだったら、便利とは言えないだろう」

「私に脚が二本あったら、便利かもしれない」博士は硬い表情で言った。「脚とは言えんような不自由な脚の代わりにね。それでも、今の脚も結構役に立っているよ」

ふだんはじつに気の利くポンド氏だったが、昔馴染《なじ》みの片脚が悪いことを忘れるという気の利かなさに、こっそり自分を叱った。だが、さすがに謝ったり、露骨に話題を変えたりするような気の利かぬ真似はしなかった。

彼は穏やかな、よどみない調子で話しつづけた。「私が言いたいのはね、脚があっても、走ったり、よじ登ったりできるほど長くならないうちは、走る者やよじ登る者の余分な重荷にしかならないだろうということだ」

「これは妙だ」と博士は言った。「走ったり、よじ登ったりする話がのっけから出るとはな。私がここへ来たのは、ダーウィン説や、あるいはその半分もまともな、筋道の立ったことを議論するためじゃないんだ。だが、私は極悪非道の無神論者だから信用できないと思うなら、私の話じゃなくて、ハンギング・バージェスの牧師をしている私の友人、シプ

＊1　そらとぼけ、知らぬふりを意味する「エイローネイアー」。皮肉 irony の語源。

＊2　ウマ科の動物の最古の先祖と考えられる哺乳類。化石がイギリス、アメリカで発見された。

＊3　ルイ・ヴィアユトン（一八五九―一九二九）。フランスの動物学者。

リアン・ホワイトウェイズ師の話を聞いてもらいたいと言っておこう。この人の考えはたぶん、君の考えと同じくらい反科学的だよ。ダーウィン主義者じゃないと思うが、とにかく、君に紹介すると約束した。彼は後期石器時代よりも少しあとに起こったことについて、君と話をしたがっているんだ」

「それじゃ、どういう意味なんだね」とポンド氏はたずねた。「走ったり、よじ登ったりする話がどうこうというのは？」

「残念だが」とグリーン博士は答えた。「牧師は君の友達のガヘガン大尉について、芳《かんば》しからぬ話をしなければならないんだ。あの男の脚はよじ登るのが上手だし、逃げ出すのはもっと得意なようだね」

「軍人が」とポンドは重々しく言った。「逃げ出したと言うのは、由々《ゆゆ》しきことだよ」

「牧師は大尉がもっと由々しきことをしたと言ってるんだ」とグリーンは言った。「バルコニーによじ登って、恋敵を撃ち殺し、それから逃げ出したと言っているのさ。でも、その話は私がすることじゃない。私は話じゃなくて、前置にすぎない」

「バルコニーをよじ登るだって」ポンド氏は考え込んだ。「牧師さんにしては、中々ロマンティックな話だな」

「そうとも」と博士は言った。「縄梯子で始まって、首吊り縄で終わる話だ」

ポンド氏は、足の悪い友人の不揃いな足音が庭の敷石の小径に谺《こだま》して遠ざかって行くのを聞きながら、暗澹《あんたん》たる気分に落ち込んだ。医師の友達を単に紹介状として受け入れるにはやぶさかでなかった。しかし、それは黒枠のついた悲劇的な紹介状だった。シプリアン師がどんな話を聞かせるにせよ、またしても不運な友人ピーター・ガヘガンに不利な話なのだ。ガヘガンはまことに運が悪くて、果たして運が悪いだけなのかと疑う者もいるくらいだった。いや、ひょっとすると、あいつは幸運なのかもしれない、と急に恐ろしいことを思いつく者もいた。彼はこれまでに二度も、謎めいた変死事件に巻き込まれていた。殺人ではないまでも、殺人を匂わせる事件である。どちらの場合も、身の潔白は証明された。しかし、三は不吉な数だ。

会ってみると、シプリアン・ホワイトウェイズ師は衝撃だった。率直で、公平な心の持主だったが故に衝撃だったのである。

ポンド氏はいかなる時も、聖職者が馬鹿だなどという馬鹿な考えを抱きはしなかっただろう。「私設秘書」*4のような笑劇と現実をごっちゃにしたりはしなかった。しかし、シプリアン師はあまりにも馬鹿と正反対だった。古い赤色砂岩のようにゴツゴツした顔の人で、実際、過去と共に輝く、あの色彩豊かな岩を連想させた。何とも説明し難い形で深さと背景を暗示し、イングランドの田舎が服を着て歩いているようだった。この牧師がありきた

＊4　お人好しの牧師を主人公にしたチャールズ・ホートリーの笑劇。一八八三年初演。

りなことをしゃべると、なぜかきっと天気や、夜昼の変わり目といったことが連想された。彼は口でしゃべるだけの天生の写実作家だった。その話が真実であることを、少なくとも真実性に富んでいることを、誰も疑い得なかった。

ガヘガンの隠された罪の凶悪で血腥《ちなまぐさ》い物語をポンド氏に詳しく語ったのは、そのように有力な証人だったのである。ところが、話を聞いたポンド氏の反応は奇妙だった。顎鬚《あごひげ》を生やし、少し梟《ふくろう》に似た顔一面に安堵の微笑を浮かべて、元気良く跳び上がると、常ならぬ快活な声で、こう言ったのである――大丈夫、ガヘガン本人に訊いてみれば済むことですよ、事情をすっかり話してくれるでしょうと。それは時に対決と呼ばれる行為であった。

紹介状を書いたグリーン博士は、自分の務めをもう果たしたけれども、ポンドの態度に少し苛立《いらだ》っていた。ぎこちない足取りで歩き去ったが、別れ際に牧師に向かって、あの口先の巧いアイルランド人と対面するなら、弁護士を連れて来た方が良いと警告した。

そんなわけで、科学者がすでに遠くへ行ってしまい、飼育動物としてのピテカントロプスの研究にふたたび没頭していた時、彼の干渉の名残《なごり》として残ったのは、ルーク・リトルという、まことに抜かりのない事務弁護士だけだった。

ポンド氏の友達で高名な外交官であるサー・ヒューバート・ウォットンが議長をつとめたが、リトル氏は、きちんと任に当たりさえすれば、誰が議長をつとめようとかまわなかった。

「これはまことに異例の審問です、みなさん」と彼は言った。「特別な保障がなければ、私は依頼人の一件をここに委ねる気にならなかったでしょう。サー・ヒューバートとポンド氏は、今この場で容疑者の釈明を要求するとおっしゃいました——私はそう理解しています」

それから、こうつけ加えた。「これは辛《つら》い事件です。ポンド氏も御同感なさるでしょうが」

「実際、非常に辛いことです」ポンドは重々しくこたえた。「古い友人が恐ろしい行いをした嫌疑をかけられるのは」

彼の友達ウォットンは驚いたように目を丸くして、一瞬冷ややかな眼差しをポンドに向けた。しかし、ガヘガン本人が急に口を開いた時は、びっくりして、さらに目を丸くしたのだった。この会見の初めの数時間にガヘガンが口を利いたのは、それが最初で最後だった。

「うん」彼は何を考えているのか知れない、硬い顔つきで言った。「あれはたしかに恐ろしい話だ」

「それでは、ともかく」法律家は先をつづけた。「依頼人に、話を偏見なしにもう一度語っていただきましょう」

「厭《いや》な話です」聖職者はこの人らしく率直に言った。「ですから、なるべく手短に申し上げます」

ポンドはその話をすでに聞いていた。その時の語り口はもっと散漫だったと同時に、もっと念入りで、このように法的な監督の下になされる陳述よりも、細かい描写と憶測を含んでいた。今はもっと正確な形でふたたびそれを聞いているのだが、説明された情景が自分には不自然に生々しく、しかも悪夢の生々しさを持っているという感じを払い除《の》けることができなかった。

この段階では、物語を悪夢に譬《たと》えるべき理由は、これといってなかった――二つの主要な出来事が夜に起こったことを除いては。

事件は牧師の庭で、牧師の家のバルコニーのそばで起こった。圧迫感というにも似たその印象は、夜を暗くするもう一つの夜――植物という生きた夜と、きっと何らかの関係があったのだろう。というのも、くだんのバルコニーには鉢植がたくさん置かれ、重い葉の垂れ下がった植物がそこへ這《は》い登っていたということが、終始話に出て来たからである。

結局、それはハンギング・バージェスという地名との漠然とした言語的な連想にすぎなかったのかもしれない。まるで事件がバビロンの空中庭園《ハンギング・ガーデン》と何かつながりを持っているかのような連想である。またひとつには、神のいない暗闇に於ける盲目の生長と手探りする生命力というものを信条とするグリーン博士と話し合ったことが、不合理な跡を引いていたのかもしれない。グリーンは植物学と生物学からあらゆる気まぐれな思いつきを得ては、生物の発達に関する自説を発達させていたからだ。

しかしながら、全体としてポンド氏は、この妙な気分は、必要があって詳しく説明された一つの事実の結果だと結論した。牧師は話をわかりやすくするために、前の時も今回も、次のことを説明しなければならなかったからだ——すなわち、バルコニーの前面には、下から巨人のように大きな南国の蔓草《つるくさ》がよじ登っていて、絡《から》み合うその茎には肋骨《ろっこつ》のようなうねがあり、大きい奇怪な葉がついていたことである。この蔓草こそ物語の主役だと言っても、あながち大袈裟ではない。

「事は大戦の間に起こったのです」と聖職者は説明した。「娘と私はハンギング・バージェスにある家に住んでいました。しかし、当時は人材の国外流出が日常茶飯事で、両隣は空家になっていました。少なくとも、どちらもかなり長い間、空家だったのです。綺麗な家で、川までなだらかに下りて行く大きい庭があったのですがね。その後、私の友人グリーン博士がやって来て隣に住みました。静かな場所で科学の研究を行うためです。御存知の通り、博士は動物を飼い馴らす方法について本を書いていました。犬や猫や、手飼いの絹猿《きぬざる》や猿などです。娘はそういう飼育動物に興味を持っておりましたので、少し仕事のお手伝いをしました。

思い返せば、古馴染みだった私たちにとっては楽しい時代でした。おそらく静かな時代だったからでしょう。ところが、私たちの孤独はまるで偶然のように破られ、いざこざと悲劇が始まったのです。

まず初めに、アルバート・エアーズという若い画家が隣の家を借りました。もっとも、主に荷物を置く足場として、そこが必要だったようです。この地方を歩きまわってスケッチをしていたからです。そして、いずれおわかりになりましょうが、公平を期すためには、このことを申し上げておかなければなりません。彼は事件の翌朝、スケッチ旅行に出かけるつもりだったことを、一度人に話しているのです。私が申し上げたいのは、いずれにしても、エアーズがどうなったかは証明できないということです。しかし、不幸なことに、私は彼がどうなったかをあまりにも良く知っております。

彼は面白い人間でした。画家はこういうものだという古い通念に少し似すぎていたかもしれません。冗談にも本気にも、絵になる人物とは言えませんでした。黄色い髪の毛がまるで聖者の後光のようで、同情のある人はガラハッドを連想したかもしれませんし、同情のない人は〝もじゃもじゃペーター〟*5を連想したかもしれません。念のために申し上げておきますが、エアーズには軟弱なところなどありませんでしたし、戦時にあしていたことにも、疚《やま》しい点はありませんでした。彼は傷病兵として送還されたのです。絵を描いているのも必要な仕事で、兵役逃れの口実ではありませんでした。そして目下のところは、正当な報いである短い休日を楽しんでいたのです。

　これはガヘガン大尉のために言っておくのが公平かと思いますが、二人がその後仲違《なかたが》いしても――憎み合って、たぶん正気を失っていた最後の険悪な日々にさえも、大尉はその点で恋敵を嘲笑ったり、軍人風を吹かして威張ったりはしませんでした。けれども、あの時、ガヘガン大尉はまだ陸軍軍人で、短い休暇を得て前線から戻って来たところだったのです。休暇中は近くの宿屋で過ごすはずでしたが、実際はほとんど私の家で過ごしました。

　このことをお話しするのは気が進まないのですが、それは御理解いただけると思います。大尉が私の娘にがむしゃらに求愛したのは――そうとでも言うしかないやり方だったのです――短期休暇中だったための焦《あせ》りもあったのでしょう。女性はそういうことをとくに嫌がらないものだと言う人もいますが、私としては、その点についてどんな憶測もしたくありません。もっぱら事実を述べたいのです。事実は次の通りです。

　ある晩、日が沈んだすぐあとか黄昏時《たそがれどき》だったでしょうか、グリーン博士と庭を歩いていると、まもなくアルバート・エアーズが仲間に加わりました。私はうちで夕食を食べてゆけと友達のグリーンに言ったばかりでしたが、彼はその日一日、科学の研究に忙しくて、少しくたびれていました。顔色が悪く、疲れているように見えました。それで、やや遠回

＊5　ハインリッヒ・ホフマン（一八〇九―九四）が書いた子供向け絵本の主人公。

しな、上《うわ》の空な調子でことわりました。実際、具合が悪そうだと思いました」「あの人はあまり丈夫ではないんです」ポンド氏が突然割り込んだ。「あまり歩きまわったりしません。忘れないでいただきたいが、脚が悪いんです」

ほかの面々は、どうして話の腰を折るのかと言わんばかりに、ポンド氏をまたまじまじと見たが、次の言葉には、いっそう当惑した。ポンド氏は落ち着きすまして、こう言い足したのだ。

「この謎を解く手がかりは、グリーン博士の脚が悪いという事実です」

「何をおっしゃりたいのか、さっぱり見当がつきませんな」ハンギング・バージェスの牧師はハキハキと言った。「ですが、ともかく話を続けて、実際に起こったことを申し上げた方が良いでしょう。そうすれば、脚の悪いことも、グリーン博士とも関係がないことがおわかりになりましょう。

私たちは庭をぶらついている間に、花壇から上のバルコニーまで伸び茂っている巨《おお》きな蔓草の下で立ちどまりました。エアーズがその特異な力強さと、こういう植物を育てる贅沢について話していた時、みんなは一種の衝撃を受けたのです。蔓草があの静かな庭で、蛇の怪物のように動き、身をよじるのを見たからです。太い茎の一つひとつが波打ち、悶《もだ》え苦しんで、葉という葉が揺れました。何かあり得ないほど局地的な地震が起こったかのようでした。上を見ると、私たちの頭上に、巨人の脚のような長い脚が垂れ下がって、激しくバタバタやっていました。やがてガヘガン大尉が、最後の足がかりを失って、砂利道に跳びおりて立つと、こちらに向かってニヤッと笑ったのです。

『失敬、失敬』と大尉は言いました。『午後の訪問をしていたんです。立ち寄ってお茶をいただきました。いや、跳び上がってお茶をいただいたと言うべきでしょうかね。そうして、また落ちて来たんです』

私は大尉に、たぶん少し冷ややかな調子で言いました。お客様ならいつでも歓迎しますが、普通は玄関から入って来るものです、と。大尉は少し鉄面皮にこうたずねました――バルコニーへよじ登るロミオの恋物語に詩的共感を抱かないのですか、と。私は返事をしませんでしたが、グリーン博士は、たぶん植物学的な好奇心の気まぐれに駆られたのでしょう、蔓草を興味深げにじっと見ていたあとで、かすかに辛辣《しんらつ》なユーモアを利かせて、言いました。『あんな草でもバルコニーをよじ登れるという事実には、ロミオへの皮肉がありやしませんかね？　熱帯植物が鈴《りん》を鳴らして玄関から入って来るという図は、中々見られるものじゃありません。よじ登るかどうかというのは、安全な分類法とは思えませんな。自然界では、高く上るものを見つけるためには、低く下りて行かねばならないんです』」

ポンド氏は急に身を起こして、息を吐き出すように見えたが、彼が言ったのは、「やっぱりな」という言葉だけだった。

「エアーズという画家は」と牧師は続けた。「この馬鹿げた冒険に私たちよりももっと腹を立てたようで、彼がこれを評して言った言葉はもっと挑発的でした。といっても、冷ややかにこう言っただけなのです。『ふん、こいつは登りやすそうだね。大きい緑の梯子みたいに簡単だ。その気になれば、僕だってよじ登れそうな気がする』

　その時初めて気づいたのですが——私はこういうことに少し疎《うと》いものですから——ガへガンが彼を睨みつけていたのです。大尉は鋭く言い返しました。『その気になるかもしれない、と考えて良いんだね？』それで、私は二人が睨み合っていることに気づき、憎み合っている理由に初めて思いあたりました——静かな庭でのその場面が何を意味しているかに。

　しかし、なるべく先を急いで、悲劇的な恋敵同士の向こう見ずな豪語や挑戦が極点に達したところへ、話を進めましょう。こう申しますのは、実のところ、二人のうちのどちらがいっそう悲劇的な目に遭ったか、私にはわからないからです。夜の闇が下り、月が昇って——もっとも、そんなに夜更けではありませんでしたが——蔭の多い庭に新しい影紋様を刻みました。その時、私は二階にある書斎の窓から、ふと外を見やったのです。

　私は煙草を吸いながら本を読んでいました。すると、犬の吠えるような、いや、むしろ遠吠えのような音が聞こえたので、何の気なしに窓から首を出しました。グリーン博士の犬だろうと思って、あまりそのことは考えませんでした。たぶん、月影の射した庭に何か凄いものがあったのと、それが掻き立てた気分、あるいは、そのあとに起こった出来事の神秘な予感が潜在意識に働きかけて、遠吠えの声が実際よりもうつろに、恐ろしく聞こえたのでしょう。

私の背後には冴えざえとした月が高く昇り、蔭の多い庭の大部分は、いっそう蔭が濃くなっていましたが、私の前の小径や塀には、月光が大きな丸や四角の形にあたって、影絵芝居のボール紙の輪郭のようにくっきりと浮き上がっていました。そんな比較が私の心をとらえたのは、一つには、光と影が曲折して、縦横《たてよこ》の異なる平面になり、子供たちがそうした芝居の登場人物を切り出す、黒と白の紙のようだったからなのでしょう。とにかく、私は影絵芝居のことをとっさに、そして鮮やかに思い浮かべました。と、次の瞬間、芝居の人物の一人が黒い影となって、塀をよぎるのが見えました。

誰の影かはすぐにわかりました。もちろん、それは引き伸ばされ、歪んでいました。影というものが人の目を欺《あざむ》くことは御承知の通りですが、私には〝もじゃもじゃペーター〟を思わせる、ぼうぼうの髪の毛が見えました。前にも言ったかと思いますが、画家のエアーズは髪を切らない伝統的な画家に少し良く似すぎていました。それに、そういう画家たちのように、倦怠《だる》そうな屈《かが》み腰をしていて、肩の張った屈み腰が影法師らしく誇張されていました。

次の瞬間、こうした暗い戯画《カリカチュア》がもう一つ塀に現われましたが、こちらはいっそう見間違えようのないものでした。それに、こちらの方が活発でした。影絵芝居であるだけでなく――かなり気味の悪い――ドタバタ芝居でもあったのです」

「影はまことに人を欺くものです」とポンド氏が言った。友人たちはまたも彼を注視したが、言ったことが重要だったからではなく、取るに足らない無用のものに思われたからだった。だが、ポンド氏はふたたび黙り込む前に、こう言い足した。

「影のもっとも人を欺くところは、実物通りであり得ることです」

「まったく、もう！」ウォットンが耐えかねたように言ったが、その控えめな抗議を掻き消すように、大男のガヘガンが例によって唐突な身動きをした。一、二度身を揺すって、人を威圧する、しかし、やや不可解な仕草をして見せ、べつに下心はないが、素《す》っ頓狂《とんきょう》に割り込んだのである。彼は告発人の方をふり向くと、馬鹿丁寧に諂《へつら》うようなお辞儀をして、こう言った。

「びっくりすることはありませんよ。あれはポンド氏の逆説の一つなんです。我々はみんな、ポンドとその逆説を自慢に思っています。あれをお風呂場で試してごらんなさい。ポンドの逆説はすべての御家庭にあります。お母さんはどうするでしょう、もしポンドの逆説がなかったら――」

「ふざけるな、ガヘガン！」とヒューバート・ウォットンが言った。その声には、友人たちがつねに尊敬する鋼鉄の響きがあった。沈黙があり、ポンド氏がポツリと言った。

「私は生まれてからこの方、逆説を言ったことは一度もないよ。私が言ったのは自明の理だ」

ハンギング・バージェスの牧師は大分当惑した面持ちだったが、落ち着きを失わずに語りつづけた。

「そういう話は少し的外れに思われますな。だいいち、まだ肝腎の点をお話ししていないのですから。私が言うのは、物語の要点です。もちろん、影が人を欺いても欺かなくてもかまわないのです。その一、二分あとに本物の人間を見たのですから。たしかに、一人はほんの一時《いっとき》見ただけで、一瞬の間と言ってもよろしいが、もう一人ははっきりと見ました。

第一の人影、画家だとすでに申し上げた長髪の人影は、月光がまだらに照《あ》たったところを素早く走り抜けて、バルコニーをよじ登っていた蔓草の巨きな影の中に消えましたが、その蔓草をよじ登りはじめたことは疑いありません。

第二の人影は月光がまともに射しているところにしばらく立って、見つめていました。彼については、まったく疑いの余地はありませんでした。軍服を着たガヘガン大尉で、手にはすでに大きな軍用の回転式拳銃を持っていました。彼は甲高《かんだか》い不自然な声で、もう一人の不幸な色男に呼びかけ、罵《ののし》りました。もう一人の男は、ガヘガン自身がしたのとまったく同じように、ロマンティックな草の葉の縄梯子をよじ登ったのです。

その瞬間、状況が完全に明らかになりました。不運な画家の毛むくじゃらな頭が、からみ合った熱帯植物の葉の中から、上にひょっと突き出るのが見えたからです。蔭になっていましたが、月光を後光のように背負っていただけに、間違えようはありませんでした。けれども、同じ月光が大尉の顔にまともに照《あ》たって、肖像写真のようにどぎつく照らし出していました。その顔は怖ろしい笑いを浮かべ、あるいは憎しみに歪んで、睨みつけていました」

ポンド氏がまた口を挟んだ。穏やかにだったが、唐突な印象を与えた。「憎しみとおっしゃいますが、恐怖でなかったことは確かですか？」

牧師は知的な人間だったので、答える前に考えた——まったく理解できなくても、考えたのである。やがて、言った。「そう思います。それに、なぜガヘガン大尉がエアーズ氏を見ただけで恐怖を感じるのです？」

「おそらく」ポンド氏は少し間を置いて、言った。「エアーズ氏が髪を切っていなかったからでしょう」

「ポンド！」ウォットンが鋭く言った。「冗談を言っている場合だと思うのかね？ 忘れてしまったらしいが、ほかならぬ君自身、辛いことだと言ったんだぞ」

「私はね」とポンドは言った。「古い友達が恐ろしいことをしたと考えるのは辛い、と言ったんだ」それから、いつものように突然口をつぐんだあとに言った。「しかし、ガヘガンのことを考えていたんじゃない」

呆れ果てた牧師は、根気良く話をつづける以外のことを諦めたようだった。

「さきほど申し上げたように、ガヘガン大尉は下から恋敵を罵《ののし》ると、下りて来いと呼びかけましたが、自分は蔓草をよじ登ろうとしませんでした。素早くよじ登れることは前に示していたにもかかわらずです。不幸なことに、彼はべつのことをしました。その方がずっと速かったのです。大尉が拳銃を持ち上げた時、銃身が月明かりに青く閃《ひらめ》くのが見えました。それから赤い閃光が、それから一条《ひとすじ》の煙が立って、雲のように空へ昇って行きました。緑の梯子の上にいた男は、大きな葉に叩かれながら、下の暗いところへ石のようにドシンと落ちました。

その暗いところで何が起こっているかは良く見えませんでしたが、あの男が死んだことは、まず確かでした。殺害者は死体の片脚をつかんで、下り坂になっている庭の暗い小径を引き摺って行ったからです。遠くで水の撥《は》ねる音が聞こえた時、死体を川に投げ込んだのがわかりました。

さて、前にも申し上げた通り、これは私が見聞きしたことを真剣に証言したものですが、関わりがあるかもしれない人々への社会的義務感から申し上げるだけです。状況からして、法的に立証するのは、今となっては非常に困難だと認めねばなりません。

アルバート・エアーズは翌朝姿を消していました。しかし、申し上げた通り、朝早くスケッチ旅行に出かけると話していたことも本当です。

ガヘガン大尉も翌朝姿を消していましたが、休暇が事実上終わっていて、ともかく前線へ戻らなければならなかったのも本当だと思います。それに、兵員が足りなくて、一般の囚人がすでに戦場で罪滅ぼしをしている時局に於いて、問題を提起することは——しかも、疑わしい問題と言われることは、初めからわかっていました——とてもできるはずがありませんでした。あの時は一切の情報のやりとりが遮断《しゃだん》され、私たちと『フランスのどこか』と呼ばれる巨大な迷路との間には、帷《とばり》がかかっていたのですから。しかし、個人的理由から、ガヘガン大尉に過去の疑惑を晴らすか、釈明することを求めなければならないと聞いたものですから、今またこの一件を持ち出したのです。私は自分の目で見なかったことは一切申し上げておりません」

「じつに明快に述べられましたな」とポンド氏は言った。「御自分で考えておられる以上に明快でした。しかし、我々が意見の一致を見たように、月のさやかな夜であっても、影はまことに人を欺くことがあるのです」

「それは前にも言ったな」サー・ヒューバートは苛々《いらいら》して言った。

「それから、これも前に申しましたが」ポンド氏は落ち着き澄まして言った。「影がもっとも人を誤らせるのは、まったく実物通りである時なのです」

突然、一同の上に沈黙が下り、沈黙は次第次第に張りつめたものになった。というのは、ポンド氏がこうしてでたらめに弾《たま》を打って——それはじつにでたらめに見えた——議論から身を引いてしまうと、もうどうしても肝腎の仕事を先延ばしできないことを全員が感じたからである。しばらくの間、それはさっぱり捗《はかど》らなかった。ガヘガンは次第に鬱《ふさ》ぎ込んで、言うことは何もないかのように、坐ったまま踵《かかと》を蹴っていたからである。実際、サー・ヒューバートが鋭い調子で発言を求めると、彼は最初、むっつりしてとは言わないまでも真剣に、言うことは何もないと宣言したようだった。

「罪を認めるほかに何が言えよう？　恐ろしいことをしたという以外に、何が言えよう。僕は憎むべき罪を犯した。僕の罪はいつも目の前にある」

弁護士は突然、いわば冷たい興奮の電気針を逆立てたように見えた。

「失礼、失礼」と彼は言った。「それ以上おっしゃる前に、それ以上一言《ひとこと》でもおっしゃる前に、お言葉を正式に記録する必要があるかもしれないことを御承知いただかねばなりません。細かい事柄に関しては一定の裁量を許されていますが、なにしろ殺人の自供を聴くとなると――」

ガヘガンは大声を上げた。声があまりに大きかったため、ほかの者は驚いて気づかないところだったが、それは笑い声だった。とはいえ、あまり朗らかな笑いではなかったが。

「何だって！　殺人の告白をしているとでも思ってるのか？　まったく、厭《いや》になって来たぞ！　もちろん、僕は人殺しなんかしていない。罪を犯したとは言ったが、ろくでもない法律家風情に謝らなきゃならない理由はない」

彼はクルリとふり返って、聖職者に面と向かった。すると彼の態度は、肉体的にも精神的にも一変するように見え、ようやく口を利いた時は、まるで別人がしゃべっているようだった。

「つまり、謝罪しなければいけないのはあなたになんです。あなたに向かって何と申し上げたら良いでしょう？　これはあなた個人に関わることです。つまり、現実のことです。そういうことについて、一般論をしても仕方ありません。群集の中に隠れても仕方がない。その罪は、地獄から休暇をもらってやって来た大勢の哀れな悪魔が犯したことだと言っても仕方がない。その連中にとって、休日は天国でした。ただ、非常に地上的な楽園で、少し回教徒の楽園に似すぎていました。僕はそんな権利もないのに、お嬢さんを口説《くど》きました。権利がないというのは、自分の心がわかっていなかったからです。あの地獄からの休日には、誰も心を持っていませんでした。僕に恋敵がいたのは本当です。恋敵のことを怒っていたのも本当です。あいつがしたことを考えると、今でも腹が立ちます。ただ――」

ガヘガンはまた決まりの悪いことが出て来たように、口ごもった。

「続けたまえ」ポンド氏が優しく言った。

「ただ、僕の恋敵は長髪の画家ではありませんでした」とガヘガンは言った。

ヒューバート・ウォットンは眉を顰《ひそ》めて、ふたたびきっと上を向いたが、ガヘガンに事の顛末《てんまつ》を初めから話すよう静かに促した。

「もう一つの話が」とガヘガンは言った。「始まったところから始めた方がいいでしょう。

僕たちが二人とも、暗い庭で犬の遠吠えを聞いたあたりからです。御説明しておきますと、僕はあの夜、画家エアーズの家に泊まっていました。じつは、すっかり仲良しになっていたんです。それ以前に、色男の一件について、少しロマンティックな大言壮語をしたかもしれませんがね。

僕は荷造りをはじめて、軽い荷物を整理していました。それで、たまたま軍用の拳銃を掃除していたんです。エアーズはスケッチブックに目を通していました。ホワイトウェイズさんが窓の外を覗いた、ちょうどその時、闇の中から突然あんな声がしたものですから、僕は好奇心にかられて、エアーズを放っておいて、外へ出ました。ただ、僕には牧師さんに聞こえなかったものも聞こえたんです。犬の遠吠えみたいな声だけじゃなしに、人が犬を呼ぶ時に吹くような口笛が聞こえたんです。

それに、牧師さんには見えなかったものも見えました。一瞬、葡萄棚の格子の隙間《すきま》に、名高い科学者ポール・グリーンの顔が、月光を浴びて白く浮き上がっていました。彼は名声もあるし、容貌も秀でています。今でも憶えていますが、あの時、僕は何て立派な頭の格好だろう、月の光で銀色に見える目鼻立ちがじつにきれいだな、と思いました。あの銀色の顔にこれほど注意を惹かれたのには理由がありました。まさにその時、あの顔には、ゾッとするような憎しみの微笑が浮かんでいたからなんです。

やがて、顔は消えました。そのあと僕が見聞きしたことは牧師さんとほぼ同じですが、ただ僕のすぐ背後《うしろ》で起こったことは全部見たわけじゃありません。それでも、ふり返った時、誰かが小径をサッと横切って、あの蔓草を登りはじめたのはかろうじて目に入りました。そいつは非常に素早く、僕が前に登った時よりもずっと速くよじ登りましたが、暗い葉蔭では、その姿を見ることも、正体を見分けることも容易ではありませんでした。

　そいつは手脚が長くて、牧師さんが話したように、ちょっと肩が張って前屈みになっているようでした。やがて、そいつの頭が葉の中から現われるのを、牧師さんが見たように僕も見たのですが、月光で輪郭だけ見えていて、髪の毛がいわばとげとげした後光のようになっていました。ただその時も、僕は牧師さんに見えなかったものを見たんです。あのロミオは、よじ登る色男は頭《こうべ》をめぐらし、一瞬、横顔が月を背にした黒い形となって見えました。僕はつぶやきました。『神よ！　やっぱり犬じゃないか』」

　牧師は「神よ」という言葉をかすかな声で繰り返した。法律家は話をさえぎろうとするかのように鋭く身動きをし、ウォットンはややぞんざいに、先をつづけろと友人に言った。すると、語り手は突然無気力に陥《おちい》って、あろうことか話をやめたがっているようだった。

「マルコ・ポーロってのは中々面白い男ですね」ガヘガン大尉はやや雑談めいた口調で言った。「あれはヴェネチア人マルコ・ポーロだったと思いますが、ともかく、中世の旅行家の一人でした。知っての通り、かれらはマンドラゴラと人魚についての法螺《ほら》話しかしなかったとみんなに言われましたが、法螺話は多くの場合本当だったことが、その後わかって来ました。ともかく、この男は、犬の頭をして歩きまわっている人間がいると言いました。ところで、狒々《ひひ》のような大型の類人猿を見れば、本当に犬そっくりの頭をしていることがおわかりになるでしょう。小型の猿の頭とちがって、あまり人間の頭に似ていないことが」

法律家のリトル氏は、利口そうに眉を顰め、機敏な動作で書類を素早くめくっていた。

「ちょっと待ってください、ガヘガン大尉」彼は口を挟んだ。「あなた御自身も中々の旅行家だと思いますが、いろいろな場所で旅人の法螺話を拾って来られたんでしょうな。この話は『モルグ街』で拾って来られたように思えるのですが」

「そうなら良いんですがね」と大尉はこたえた。

「そちらの物語では」と弁護士は食い下がった。「主人の言うことを聞かない類人猿が逃げ出して、帰って来なかったのでしたね」

「さよう」ポンド氏が呻《うめ》き声に似た低い声で言った。「だが、この場合は、主人に従わなかったのではありません」

「この話の続きは君がした方がいい、ポンド」大尉は無責任にぐったりと休んでしまう、いつもの奇妙な癖を出して、言った。「君は、どうしてか知らないが、僕が話をはじめる前から真相を見抜いたようだ」

リトル氏は少し腹を立てた様子で、鋭く言った。「大尉はこの奇妙な話を、真偽の程はともかくとして、非常にメロドラマ的な、誤解を招く形でお話しになったと思います。私の覚え書きを見ますと、たしかにこう言ったのです。『誰《サムボディー》かが小径を横切って、あの蔓草を登りはじめた』と」

「僕が言ったことは、学者を気取るみたいに正確でした」ガヘガンは偉そうに手を振って、言った。「僕は言葉に注意して、こう言ったんです――ある肉体《サム・ボディー》が走って、よじ登ったと。類人猿の魂について、神学的な、あるいは形而上学的な思索を試みたりはしませんでした」

「しかし、まったくおぞましい話だ！」深く動揺した聖職者は叫んだ。「私が見たのはたしかに類人猿だったのですか？」

「僕はすぐそばにいました」と大尉は言った。「僕は形を見ましたが、あなたがごらんになったのは影だけです」

「いや」とポンドが優しい声で言った。「牧師さんも形を見たが、影だったから信じられなかったんだよ。影は実物通りであるが故に人を欺くことがあると言ったのは、そういう意味だ。影というものは十中八九、形が歪んでいる。だが、特別な状況では、そのままの輪郭であることもある。ただ我々は影がいつでも歪んでいると思うから、歪んでいないことに騙されるんだ。牧師さんは、髪の毛が長くて肩の張ったエアーズ氏が、よろめき歩くせむしや、毛の逆立った、背中に瘤《こぶ》のある姿に似た影を投じても驚かなかった。しかし、それは実際に毛の逆立った、背中に瘤のある姿だったんだ。私がそれを推測したのは、牧師さんがそのあと最初にこう言った時だ――君の姿の方がずっとハッキリしていて、見間違えようがない、とね。それが見間違えようもなかったというのは、もう一方が見間違いだったからじゃないか」

「僕のいた場所からは、見間違えようがなかった」とガヘガンは言った。「僕はそいつが類人猿だと知って、隣の高名な生物学者の檻《おり》か犬小屋から来たんだと推測した。悪質な悪戯《いたずら》のつもりかもしれないという突飛な希望を持ってはいたけれども、危険を冒すわけにはゆかなかった。その種の類人猿は悪戯どころじゃ済まされないのをたまたま知っていたからだ。運が良くても、そいつは咬《か》みつくかもしれないし、それに――ともかく、頭の中にさまざまな悪夢のような考えが形を成《な》しかけていた。

生物学者殿の飼育動物に対する興味には、もう一つの側面があった。生体解剖、接種、薬物――そこにどんなものが混じっているかは、神のみぞ知るだ。だから、僕はあの獣を撃ち殺したが、謝罪する気はないよ。死体は川に放り込んだ。知っての通り、あれは流れの速い激流で、僕の知る限り、死体がどうなったかについては何も聞いていない。たしかに、ポール・グリーン博士も新聞広告を出して探すような真似はしなかった」

がっしりした、胸板の厚い田舎牧師は、ふいに頭の天辺から足の爪先まで身震いした。

痙攣《けいれん》は過ぎ去り、恐ろしいことだと重々しく言った。

「古い知人が」とポンド氏は言った。「恐ろしい行為をしたと聞くのは、何とも厭なことだと私が言ったのは、そういう意味だったのです。それに、この謎を解く鍵はグリーン博士の脚が悪いことだと言ったのも、そういう意味でした」

「今でも」と牧師はつぶやいた。「そのお言葉の意味は、よくわからないのですが」

「じつに忌まわしいことですが」とポンドは答えた。「博士は、文字通りの意味で、気狂い博士と言って差しつかえないと思います。問題は、何が最終的に彼を狂わせたかを私はたぶん知っていることです。博士は立派な人格を持っていました。牧師館のお嬢さんに恋をして、その家では大いに重んじられていました。ガヘガンが言ったように、非常な美貌の持主で、本来、活発な性質でした。ただ脚が悪いという偶然によって、すべてが制約されていたんです。

あの恐ろしい夏の月夜、彼の狂気に最後の一押しを加えたのが何かということは、少し想像力があれば、誰でも多少理解できると思います。それは必ずしも不自然なことではありませんでした——あのような気狂い沙汰に終わることが、不自然でない何物かであり得るとすればです。彼は恋敵が、自分にできないただ一つのことを自慢するのを聞きました。最初に、青年の一人がそれをやったと大言壮語しました——君は大言壮語をするぞ、ガヘガン、しないなんて言っても駄目だ。ですが、もう一人の青年はもっとひどかったのです。そんなことはわけもないといって、馬鹿にしたのです。グリーンには、やりたくてもできないことだったのに。

当然のことながら、彼のような心の持主は飛躍して――会話《はなし》をしていても飛躍したのを我々も知っております――こうやり返しました。よじ登るということは、さして高等であることのしるしではない。脳味噌のない蔓草でもよじ登れるし、類人猿なら人間より上手によじ登れる、と。『高く上るものを見つけるためには、うんと低いところへ下りて行かねばならない。』論理的なしっぺ返しとしては、これは上出来でした。しかし、彼の心は論理としっぺ返しの上だけを走っていませんでした。嫉妬と熱情で盲目になり、胸の中が煮えくりかえり、しかも少々イカレていました。彼は一種の示威行為をしようとしただけなのだと思いましょう。ですが、ともかく、そういうことを見せつけようとしたのです」

法律家のリトル氏は依然石のように無表情な顔を一同に向けていたが、明らかにガヘガンを嫌っている様子だった。ガヘガンには法律家や、法を守る人間を苛々させる一種の癖があったからである。

「ポンド氏の巧妙な仮説を信じて、この異常な物語を受け入れるべきかどうか、私にはわかりかねます」と彼はやや鋭く言った。「しかし、もう一つおたずねしたい質問があります」

リトル氏は参照しようとするように書類に目を落とし、それからまた面《おもて》を上げると、反対尋問から学んだやり方で、いっそう鋭く言った。「ガヘガン大尉、あなたが驚くべき物語をおっしゃることでいささか有名だというのは、本当ではありませんか？　私の覚え書きによりますと、あなたはかつて六匹の大きな海蛇がそれぞれ前の奴を呑み込むのを見たと言って、一座の人を喜ばせたそうですな。巨人がマズウェル・ヒルに眉毛まで埋まっていたという驚くべき小事件も御報告なさいました。それに、凍りついて天までとどく水柱を、まことに生き生きと描写なさったと言われています。バベルの塔の廃墟を発見したという興味深いお話は――」

サー・ヒューバート・ウォットンは、見たところ単純そうだが、時折大槌《おおづち》のように要所を撃つ良識をそなえていた。彼は終始、完全な公平無私の沈黙を保っていたが、弁護士の悪意に満ちたおしゃべりを突如制止した。まるで殴って黙らせたかのようだった。

「こんなことは聞いていられん」とウォットンは言った。「我々はガヘガンという男を知っています。彼の法螺話はみんな無意味な戯言《たわごと》ですが、それを彼に不利な材料にしようとするのは、もっと無意味な戯言です。あなたが真剣な告発をなさる限り、我々はそれを証明するあらゆる機会を与えました。あなたがもしこの世の誰も、就中《なかんづく》ガヘガン自身が本当にしなかったことについてお話をなさるなら、私はそれを却下します」

「よろしい」とリトル氏は鋭く言った。「最後の質問はごく実際的なものにいたしましょう。もしガヘガン大尉が、御自分の言われる通りのことをしたのであれば、一体どうして、そう言わなかったのでしょう？　なぜ姿を昏《くら》ましたのでしょう？　なぜ翌朝早く逃げ出したのでしょう？」

ピーター・ガヘガンは大儀そうに椅子から巨体を持ち上げた。法律家には目もくれなかったが、その眼は深い悲しみの表情を浮かべて、老いた聖職者にじっと注がれていた。

「それに対する答はあります」と彼は言った。「しかし、そのことはホワイトウェイズ氏以外の方に申し上げたいのです」

すると、奇妙と言うべきかもしれないが、この拒否の言葉を聞いたとたんにホワイトウェイズ氏も立ち上がり、ガヘガンに手を差し出した。

「あなたを信じます」と牧師は言った。「たった今のお言葉を聞いて、信ずる気になりました」

軽蔑に満ちた弁護士は、かくして依頼人に見捨てられると、書類を小さな黒い鞄に詰め込んだ。それで、この変則な会議は散会した。


ガヘガンはのちに、この最後の質問に関する真相を彼が何でも話す相手、婚約者のジョーン・ヴァーニーに打ち明けた。おかしな話だったが、ジョーンは理解したようだった。

「そう言ってもかまわなければ」とガヘガンは言った。「僕は警察から逃げたんじゃない。あの娘から逃げ出したんだ。とち狂った話に聞こえるのはわかってる。でも、ああいうろくでもない状況で、ろくでもない選択肢がいろいろあったあの時には、本当に、彼女のために最善のことをしているつもりだった。翌朝になったら、牧師さんは、僕が人を殺すのを見たと言い出すだろう。それに反論するとしたまえ――そうなると、まず第一に、彼女の古い友達、可愛い動物たちの友達が恐ろしい狂人で、どう控えめに言っても、胸の悪くなるような侮辱を彼女に加えたのだと教えなければならないだろう。

でも、それだけじゃなかった。僕は誰にも負けないくらいひどいことをしていた。恥ずかしいほど不誠実な立場だった。あそこにもし留まっていたら、僕たちは惨《みじ》めな釈明と望みのない悔恨の泥沼を這いまわること以外、何もできなくて、その中では男の方が辛いか、女の方が辛いか、わかりやしない。すると、奇妙な考えが浮かんで来たんだ――秘密の、ほとんど潜在意識的な考えだが、その観念を頭からふり払うことができなかった。男が自分のためにべつの男を殺した――もしも彼女がそう考えつづけて、あとになって、落ち着いた時に思い出したとしたら、どうだろう。恐ろしいかもしれないが、屈辱は感じないだろう。狂ったささやき声がずっと僕に同じことを言いつづけた――長い時間が経てば、彼女は――それを少し誇らしく思うだろう、とね」

「その人のことは、おっしゃる通りだと思うわ」ジョーンは彼女らしく率直に言った。

「でも、やっぱり、本当のことを話すべきだったわ」

「ジョーン」とガへガンは言った。「僕には、その勇気がなかったんだ」

「わかってる」とジョーンは言った。「あなたが殊勲章をもらったことも知ってるわ。それに、私なんか見ただけで気分が悪くなった岩の裂け目を、あなたが跳び越えるのも、この目で見ました。でも、あなた方、御立派な闘う殿方の問題はそこなのよ」彼女はほんの少し顔を持ち上げた。「あなた方には勇気がないのよ」

高すぎる話

一同はドイツで新たに起こった問題を論じていた。三人の古い友人同士で、一人は有名な役人サー・ヒューバート・ウォットン、一人は名もない役人ポンド氏、いま一人はガヘガン大尉で、この男はペンで紙に何かを書くという仕事を一度たりとしたことがなかったが、その場の勢いにまかせて、いとも荒唐無稽な物語をつくり上げるのは好きだった。しかし、この時、一座の人数は四人に増えていた。ガヘガン夫人が同席したからである。彼女は明るい茶色の髪と暗褐色の眼をした、ざっくばらんな様子の若い婦人だった。夫婦はつい最近結婚したばかりだったから、ジョーン・ガヘガンがそこにいることは、まだ大尉を刺激して、少し過剰な自己顕示に駆り立てていた。

ガヘガン大尉は摂政時代[*1]の伊達男《だておとこ》のように見えた。ポンド氏は丸い眼の魚にソクラテス

＊1　ジョージ三世の御代に皇太子（後のジョージ四世）が摂政をつとめた時代（一八一一―一八二〇）をいう。

の顎鬚《あごひげ》と額を取ってつけたように見えた。サー・ヒューバート・ウォットンはサー・ヒューバート・ウォットンのようで——そのことは友人たちが大いに尊敬する、健全で男らしい性質を要約していた。

「とんでもない恥さらしだ」とウォットンは話していた。「こいつらのユダヤ人への仕打ちは。まっとうで無害なユダヤ人、私と同じで共産主義者などではない、才覚と勤勉によって成り上がったちっぽけな連中が、一銭の補償もなしに、蹴とばされて職場を遂《お》われるとは。君もそう思うだろう、ガへガン？」

「もちろんだとも」とガへガンはこたえた。「僕はユダヤ人を蹴とばしたことはない。そうしたくなるのをぐっと堪《こら》えたことが三回半ばかりあるのは、はっきりと憶えているがね。あの何百何千というちっぽけなヴァイオリン奏《ひ》きや、役者や、将棋指しに関していえば、連中が蹴り出されるのも、そもそも蹴られたりするのも、ひどい恥さらしだったと思う。でも、連中は自分で自分を蹴とばしてるんじゃないかという気もするな。ドイツにあんなにも忠実で、他所《よそ》へ行っても、たいがいドイツ贔屓《びいき》なんだから」

「それだって誇張された話かもしれんよ」とポンド氏が言った。「大戦中に起こったカール・シラーの事件を憶えているかね？　あのことはあまり公にされなかったが、私は理由《わけ》があって知っている。というのも、ある意味では、私の局で起こった事件なんだ。概してスパイ小説というのは、探偵小説のあらゆる形式の中で一番退屈だと思っている。私も殺人を扱った軽い読み物を少々嗜《たしな》むが、スパイ小説はいつも避けている。しかし、この物語には本当に意外な、びっくりする結末がついてるんだ。もちろん、君も知っての通り、戦時にこういう事柄を扱っていると、当局はさんざん素人《しろうと》の曝《さら》し物にされる。ウェリントン公が作家たちの曝し物になったのと一緒だ。我々はスパイを追いまわしたが、スパイ・マニアたちは我々を追いまわした。かれらは年中我々のところへやって来て、スパイらしい人物を見たと言った。スパイはスパイらしくないものだと言って聞かせても、無駄だった。実際、敵は本当に疑わしい人物を我々の目から隠すのが中々上手だったよ。平凡なので目立たないこともあれば、異常なので目立たないこともあった。小さすぎて気づかれない者もいれば、背が高すぎて見えない者もいた。ある者は一見中風患者で入院していたが、夜中に窓から抜け出して――」

ジョーンが素直な鳶色《とびいろ》の瞳に困惑の表情を浮かべて、ポンド氏を見やった。

「どうか、ポンドさん、教えてください。背が高すぎて見えない人ってどういう意味なんですの？」

すでに上機嫌だったガヘガンはいよいよ舞い上がって笑い出し、即興の冗談話をはじめた。

「そういうことはあるんだよ、可愛い君。それに当てはまる例なら、千も挙げられるよ。たとえば、マズウェル・ヒル[*2]に住んでいた僕の不運な友達、バーラム・ブラウン夫婦の一件を見たまえ。バーラム・ブラウン氏は（帝国国際鉛管会社の）事務所から家に帰って来て、いつも通り芝刈り機を使っていた。すると、草の中に緑じゃなくて赤茶色の動物の毛、いや、人間の髪の毛みたいなものが生えているのに気づいた。僕の友人ポンド氏は、巨人の頬髯の比類ない個人コレクション（もちろん、サー・サミュエル・スノッドの特異なコレクションはべつとして、だ）を持っているから、それがアナク人《びと》*3の長い髪の毛だと鑑定することができた。そいつの勢いの良さから判断すると、アナクの息子は土に埋められたが、まだ生きていることがわかった。学界は意地悪だから、プーター教授はポンド氏に対抗して、こんな説を立てた――すなわち、ユピテルは巨人たちを一人はエトナ山の下に、一人はオッサ山の下に、三人目はマズウェル・ヒルの下に埋めたというんだ。とにかく、不運なバーラム・ブラウン夫婦の洒落《しゃれ》た家は滅茶苦茶になり、近所一帯が地震でも起こったように引っくり返った――怪物を掘り出すためさ。巨人の頭だけが現われた時は、途方もなく大きいスフィンクスみたいだった。バーラム・ブラウン夫人は、その顔が大きすぎて怖くてたまらないと当局に陳情した。たまたま、そこを通りかかったポンド氏はすぐに逆説を持ち出して（いつも逆説を少しばかり持ち歩いているんだ）、それどころか、もうじきその顔が小さすぎると思うようになるだろうと言った。長い話を短くして言うと――」

「背高《せいたか》のっぽをチビにして言うと、でしょう」とジョーンが辛辣《しんらつ》に言った。

「巨人はやがて救出されたが、なにしろ背が高いものだから、遠い空にある頭は、遠近法の法則によって、ただの点にしか見えなかった。なつかしい昔の顔の目鼻立ちは、見分けることも、思い出すこともできなかった。巨人はどしどし歩き出して、幸いなことに大西洋を歩いて渡ろうと思い立ったが、さすがの彼もそこでは水に沈んだようだ。不運な巨人はアメリカで講演をするつもりだったと言われている。人はどんな理由でも名が売れると、アメリカ講演をやりたがるが、その不思議な本能に駆られたんだね」

「それでおしまい?」とジョーンはたずねた。「あなたの法螺《ほら》話のことは、みんな知ってるわ。それに何の意味もないことも。でも、背が高すぎて見えなかったとポンドさんがおっしゃる時は、何か意味があるんです。一体、どういう意味なのかしら?」

「そうですね」ポンド氏は軽く咳払いをした。「それは先程申し上げた物語の一部なんです。私が用いた表現に変なところがあるとは気づきませんでしたが、考えてみると、これは説明を要する言い回しかもしれませんね」そう言って、いささか衒学的《げんがくてき》な口調で物語を語りはじめた。今、それをここにもう一度繰り返すことにする。

＊2　ロンドン北部の街。
＊3　旧約聖書「民数記略」第十三章、「ヨシュア記」第十一章に登場するパレスチナの巨人族。

事件が起こったのは上流人士の集まる海水浴場で、そこは有名な港町でもあったから、当然、玄人《くろうと》も素人も、スパイへの監視の目を厳重に光らせていた。サー・ヒューバート・ウォットンがこの地域全般を監督していたが、ポンド氏はこの町の内密だが実際的な業務に携《たずさ》わって、裏通りの狭い家から情勢を見守っていた。その家の二階の一室を目立たないように事務所に改造したのである。彼には二人の部下がいた。一人はバットという、逞《たくま》しい寡黙な青年で、雄牛のように首が太く、肩幅も広かったが、背は低かった。もう一人はもっと背が高く、おしゃべりで、上品な官庁の事務官だった。名前はトラヴァースといったが、誰からもアーサーと呼ばれていた。がっしりしたバットは通常一階の机に向かって、戸口とそこへ入って来る人間を見張っていた。アーサー・トラヴァースは二階の事務室で働いたが、そこにはごく重要な公文書があり、その中には、港のどこに機雷が仕掛けてあるかを示す、たった一枚の図面も含まれていた。

ポンド氏自身、その事務室で毎日数時間を過ごしたが、ほかの二人よりも町へ出て、あちこち訪問する機会が多く、近隣の様子はおおむね把握していた。そこはまことにみすぼらしい界隈だった。品の良い古風な家が二、三軒あったけれども、たいていは鎧戸《よろいど》を閉めきって、住む人もなく、その向こうは、小さな家が寄り集まった一種の貧民街だった。ここには当時〝社会不安〟と呼ばれるものが危険なほど醸成され、戦時とあって、ことに油断がならなかった。事務所の扉のすぐ外に出ると、特徴のない街路《とおり》に特徴と言えるものはほとんどなかったが、真向かいに骨董屋があり、昔のアジアの武器を陳列していた。隣には、世界中の武器を集めたよりも恐ろしいハートグ＝ハガード夫人がいた。

ハートグ＝ハガード夫人は独身女性の陳腐な戯画《カリカチュア》のように見えて、じつは立派な一家の主婦だという、ここかしこで見かける人物の一人だった。また、非戦論者の集会にいるおそろしく熱心な御婦人のようにも見えるが、じつは軍国主義者とは言わないまでも、熱烈な愛国主義者だった。実際、しばしば起こることだが、この両極端は同じ種類の能弁な狂信に人を導くのである。気の毒なポンド氏には、夫人の四角張った、興奮した姿が戸口を暗くするのを最初に見た、あの悲しむべき日を忘れられない理由があった。夫人は風変わりな四角い眼鏡をかけて、胡散《うさん》臭そうに覗き込みながら、街路から入って来たのだ。入って来る時、少し閑《ひま》がかかったらしい。外玄関を修理中で、板や柱が道を塞《ふさ》いでおり、それを手早く取り除けてもらえなかったからだ。実際、夫人が断言するには、この仕事に雇われた職人たちは、いやいやながら、不満そうにそれを取り除けたので、責任ある役人のもとへ辿り着く頃には、彼女の脳裡に一つの理論が十分に形成され、固まっていた。

「あの男は社会主義者ですわよ、ポンドさん」夫人は不幸な役人の耳元で断言した。「労働組合が黙っちゃいない、とか何とかつぶやくのを、この耳で聞きました。あの男はあなたの事務所のこんなすぐそばで、何をやってるんです？」

「区別をつけなければいけません」とポンド氏は言った。「労働組合員は、たとえ戦闘的な労働組合員であっても、社会主義者とは限りません。社会主義者は必ずしも非戦論者ではありませんし、ましてや親ドイツ派ではありません。私の意見では、社会民主党連盟の幹部たちはイギリスでもっとも過激なマルクス主義者ですが、全員連合国側です。船渠《ドック》のストライキを指導した一人などは、帝国全土で新兵募集の演説をしたがっていますよ」

「あの男はきっとイギリス人じゃありませんわ。ちっともイギリス人に見えませんもの」

婦人はなおも外にいる邪悪なプロレタリアートのことを考えながら言った。

「有難うございます、ハートグ＝ハガード夫人」ポンド氏は辛抱強く言った。「御忠告はきっと心に留《と》めて、調査するようにいたしましょう」

そして彼は本当に調査をしたのである――いかなる抜け穴もないがしろにはできない人間の几帳面さで。たしかに、その男はあまりイギリス人らしく見えなかったが、ドイツ人というより、むしろ北欧人のようだった。名はピーターソンといったが、本当はペーテルセンなのかもしれない。だが、これで終わりではなかった。ポンド氏は賢人の最後の教訓、愚者も時には正しいということを知っていた。

彼は煩瑣《はんさ》な仕事にかまけて、この出来事をすぐに忘れてしまったので、翌日、彼の机から――というより、その時使っていたバット氏の机から面を上げると、愛国心に燃えるあの婦人が、復讐する影のごとく戸口をウロウロしているのを見て、ギョッとした。夫人は今度は社会主義者のバリケードに邪魔されず、素早く滑り込んで来て、恐ろしい報せがあると警告した。この前の疑惑はきれいに忘れてしまったようだったが、実際、夫人にとっては新しい疑惑の方が、当然のことながら、もっと重要だったのである。今度は、獅子身《ししん》中《ちゅう》の虫がいたというのだった。それまでは特に気にもしていなかったが、家にドイツ人の女家庭教師がいることを突然意識したのである。ポンド自身、問題の外国人には、夫人よりも注意を払っていた。その女は髪の毛の色が薄く、ずんぐりした御婦人で、ハートグ＝ハガード夫人の三人の幼い娘と小さい坊や一人を連れて、桟橋でやっている「長靴を履いた猫」のパントマイムから帰って来るのを見たことがあった。子供たちに物を教え、民話について何か教育的なことを言っているのも聞こえた。我々ならお伽話《とぎばなし》のことを話す時、民話について話す、ドイツ人特有の理屈っぽさにポンド氏は微笑したのだ。しかし、この御婦人については良く知っていたから、この件で何かする理由は思いあたらなかった。

「あの人は何時間も部屋にこもって、出て来ないんです」ハートグ＝ハガード夫人はかすれた声で、ポンド氏に耳打ちした。「通信してるんだとお思いになります？　それとも、避難用の縄梯子をつたって下りるんでしょうか？　どうお思いになりますか、ポンドさん？」

「ヒステリーの発作でしょう」とポンド氏は言った。「家が倒れるような叫び声を上げないからといって、あの気の毒な御婦人がヒステリーではないとでも、お考えですか？　どんな医者でも教えてくれますが、ヒステリーはたいてい内にこもった静かなものなんです。

それに、非常に多くのドイツ人にヒステリーの気《け》があります。ラテン人種が興奮を外面《おもて》に出しやすいのと、まさに正反対ですね。いいえ、マダム、あの人が縄梯子を伝い下りてゆくとは思いません。教え子が自分を愛してくれないといって、世界苦《ヴエルトシユメルツ》や自殺のことを考えていると思いますね。実際、あの人は気の毒な女性で、ひどく辛い立場におかれているんです」

「あの人、家族のお祈りに来ませんのよ」愛国主義者の夫人は、自分の主張から離れずに言った。「私どもが英国の勝利を祈るからです」

「貧しさや、義務や、生活の頼りのために」とポンド氏は言った。「ドイツに立ち往生しているすべての不幸な英国婦人のために、お祈りになった方が良いですよ。もし彼女が故国を愛するとしたら、それは人間であることを示しているだけです。もしもこれ見よがしに席を外したり、ふくれっ面《つら》をしたり、扉をバタンと閉めたりして、そのことを表明したら、それは彼女がドイツ人でありすぎることを示しているかもしれません。それに、ドイツのスパイではないことも示しています」

しかしながら、このたびもポンド氏は警告を無視したり、頭から馬鹿にしたりしないよう心がけた。ドイツ人の家庭教師に目をつけ、些細な口実を設けて、この博学な女性とおしゃべりさえしたのだった——もっとも、何事も彼女にかかると、些細なことではなくなってしまうのだったが。

「あなたはわが国の演劇を研究しておられますから」とポンド氏は真面目に言った。「ドイツから生まれたもっとも偉大で気高い作品のことを、時には思い出されるでしょうな」

「ゲーテの『ファウスト』のことをおっしゃるんですね」と相手はこたえた。

「グリム童話のことを言ってるんです」とポンド氏は言った。「我々が『長靴を履いた猫』と呼んでいる物語が、同じ形でグリムの童話集に入っているかどうか、ちょっと失念いたしましたが、何かの異伝は入っているはずです。あれは世界一優れた物語だと常々思っています」

ドイツ人の家庭教師は、民間伝承に於《お》ける類似について、短い講義をしてくれた。「長靴を履いた猫」の物語は、今、タイツを穿《は》いて、さまざまな飾りをつけたパッツィー・ピクルス嬢が遊歩桟橋の劇場で演《や》っており、アルベルト・ティッツィと名乗り、ブラックフライアーズ通りで生まれた世界的喜劇役者が助演している。この民話をこのように民俗学的、科学的に取り扱うことを考えると、ポンドはほのかな可笑《おか》しみを感じずにいられなかった。

黄昏時《たそがれどき》に事務所へ戻り、ふとうしろをふり返ると、ハートグ＝ハガード夫人の姿がまたも外《おもて》をウロウロしていた。ポンド氏はそれを見ると、悪夢の中にいるような気がして来た。自分があのチュートン系の教師と会ったことから、夫人は何か良からぬ結論を引き出したのだろうか、と突飛なことを思った。あるいは彼、ポンド氏もドイツのスパイだと言い出すかもしれない。しかし、彼は隣人をもっと良く知るべきだった。ハートグ＝ハガード夫人が口を開いた時、彼女はふたたび、前の苦情の原因を忘れていたからである。それでも、これまで以上に興奮していて、首をヒョイとかがめて足場の下を潜ると、部屋にとび込み、大声で叫んだ。

「ポンドさん、御宅の真向かいに何があるか、御存知なの？」

「ええ、知っていると思いますが」ポンド氏は訝《いぶか》しげに言った。「多少は」

「わたし、今まであの店の上に書いてある名前を読んだことがありませんでした！」と夫人は叫んだ。「暗いし、薄汚いし、字が消えかけているでしょう――あの骨董屋のことですよ。槍だの、匕首《あいくち》だの飾っちゃってさ。あの男の厚かましさったら、考えてもごらんなさいな！　あすこに自分の名前を書き出していますが、自分の名前を書き出しているんですよ、『C・シラー』って！」

「C・シラーと書き出してはいますが、自分の名前を書き出したかどうかはわかりませんな」とポンド氏は言った。

「それじゃ」と夫人は叫んだ。「名前を二つ使っているのを御存知なんですの？　まあ、よけい悪いじゃありませんか」

「うむ」ポンド氏はいきなり立ち上がり、慇懃《いんぎん》さをすべて断ち切る素《そ》っ気《け》ない口調で言った。「私に何ができるか、考えてみましょう」

そして三度《みたび》、ポンド氏はハートグ＝ハガード夫人の言ったことを確かめるために手段を講じたのだった。必要な十歩か十二歩を歩いて道路を渡り、サーベルやヤタガン[*4]の輝くC・シラーの店へ入った。おびただしく並んだ武器のうしろで待っていたのは、じつに穏和な風貌の人物だった。猫っ被《かぶ》りの、口先の上手い人物と言っても良かった。ポンドはカウンターの上に身をのり出し、内緒話をするような小声で話しかけた。

「一体何が悲しくて、あなたたちはこんなことをするんです？　もし何か暴動が起こって、過激な愛国主義者の群衆が押し寄せて、馬鹿げたドイツ人の名前のために窓を割っても、半分以上あなたの責任ですぞ。こいつはあなた方の喧嘩じゃないことは、良くわかっています」ポンド氏は真剣な眼差しで言った。「あなた方がベルギーに侵入したわけじゃないのは、わかっています。あなた方の民族的な趣味がそちらの方面にないことも、十分承知しています。あなた方はルーヴェンの図書館を焼いたり、ルシタニア号を沈めたりしたことと何の関係もないのは知っています。それなら、なぜそう言わないのです？　なぜ御先祖様たちのようにレヴィと名乗れないいんです——世界で一番古い神職に遡《さかのぼ》る御先祖様じゃありませんか。それに、シラーなぞと名乗って動きまわっていると、いつかドイツ人と悶着を起こしますぞ。ストラットフォード・オン・エイヴォン[*5]へ行って、シェイクスピア

＊4　ゆるくS字形に湾曲したトルコの剣。

＊5　シェイクスピアの生地。

と名乗って暮らす方がましなくらいですよ」

「ワタシたちの民族に対しゅる偏見が強いでしゅから」と兵器庫の管理人は言った。

「私の忠告を聞かないと、偏見はもっとひどくなるでしょう」ポンド氏は常になくぶっきら棒に言い放って、店を出、事務所に戻った。

彼が入って来ると、机に向かって入口を見ていたバット氏の四角張った姿が立ち上がった。しかし、ポンド氏は手を振ってまた席に坐らせ、煙草に火を点けて、いささか不機嫌そうに部屋の中を歩きまわった。彼は目の前に開かれた疑惑の三本の道のいずれにも、大したものがあるとは信じなかった。もっとも、最後のものについては、間接的な可能性があることを認めた。レヴィ氏はたしかにドイツ人ではないし、本当のドイツ贔屓《びいき》だということも、ありそうにない。しかし、現代の混乱した国際情勢の紛糾と動揺のうちにあっては、当人が意識していようといまいと、彼が本物のドイツの陰謀の手先になっていることも考えられなくはない。その可能性がある限り、彼を監視しなければならない。ポンド氏は、レヴィ氏が真正面の店に住んでいることを喜んだ。

実際、彼は気がつくと、何とも説明のしがたい心持ちで、夕闇の垂れ込めて来た通りの向こうを見つめていたのである。風変わりな昔の武器が飾ってある店先はまだ見えたが、外玄関のまわりに組んだ低い足場にまだ数本の柱が残っていて、それが景色に枠を嵌めていた。職人の仕事は外玄関だけに限られ、作業はあらかた終わっていたから、支柱は大部分取り外されていたが、線の群れか網目を思わせるものは残っていて、物の形のわかりにくい黄昏時の眺望《ながめ》を錯綜させるには十分だった。一度などは、影がチラつくように、何かが足場の向こうを閃《ひらめ》いたような気がして、胸のうちにハートグ＝ハガード夫人の恐怖が湧き上がった。それは退屈の恐怖と一種の麻痺した焦《じ》れったさ、人生の苦艱《くげん》のうちでも最悪のものの一つだった。

やがて、その影が動いたのは、向かいの店の明かりが灯《とも》ったためにちがいないとわかって、異国風のアジアの武器の風変わりな輪郭が、ふたたび、前よりもはっきりと見えた。曲がった投矢と奇怪な飛び道具、鉤《かぎ》に恐ろしくよく似た剣や、鉄の蛇のように前後にくねる刃……ポンド氏はキリスト教世界と人類文明の残る一半との間にある隔《へだ》たりを夢心地で意識した。夢心地すぎて、どれが拷問の道具で、どれが剣かも見分けがつかなかった。その考えには、自分が戦っている相手は、そうした武器と同じくらい敵意に満ちた心の野蛮さなのだという、彼自身の信念が混じっていたのだろうか――それとも、あの店を経営する一見無害そうな人物から、東洋の奇妙な匂いを嗅ぎとったのだろうか――それは自分にもわからなかったが、ポンド氏は今まで感じたことがないほど、自分の仕事の奇妙な重圧を感じた。

それから、夢想を振り払って、自分にきっぱりと言い聞かせた。私の職務《つとめ》は働くことであって、仕事の雰囲気について思い患うことではない。それに二人の部下が、バットはうしろで、トラヴァースは階上《うえ》の事務室でまだ忙しく働いているのに、怠《なま》けていては恥ずかしい、と。ところが、うしろを急にふり返ると、驚いたことに、バットは少しも働いていなかった。ポンド氏自身と同様、錯雑した迷いのうちにいるかのように、黄昏の往来を睨むとは言わないまでも、見つめていた。バットはふだん部下のうちでも一番冷静で散文的な男だったが、その顔を見れば、何か問題があるのは明らかだった。

「悩みでもあるのかね？」ポンドは人を元気づける穏やかな声でたずねた。

「そうなんです」とバット氏は言った。「卑劣な男になろうかなるまいかと悩んでるんです。同僚や、同僚と関わりのある人間の悪口を言ったり、仄《ほの》めかしたりするのは、卑劣極まることです。でも、結局——その、国のことがあるじゃありませんか？」

「たしかに、国のことを忘れちゃいかん」ポンド氏は真面目に言った。

「その」バットはついに言ってしまった。「アーサーのことが少し心配なんです」

　それから、一種のあえぎ声を洩らしたあと、バットはもう一度説明を試みた。「ともかく、アーサーというよりアーサーの……アーサーのやっていることなんです。こんなふうに言うと、ますます厭《いや》になって来ますが、あいつが先週婚約したのは御存知でしょう。婚約者にお会いになりましたか？」

「まだその光栄に浴さないが」ポンドは彼らしく堅苦しい言い方で言った。

「じつは、今日お出かけの間に、アーサーがここへ彼女を連れて来たんです。桟橋でやっている『長靴を履いた猫』のパントマイムに連れて行った帰りで、さんざん笑いころげていました。もちろん、それはかまいません。あいつは勤務時間外だったんですから。でも、彼女が言われもしないのに——アーサーだって言わなかったんです——すぐに階段を上がって、外来者を入れない事務室へ向かって行った時は、ちょっとおかしいぞと思いました。もちろん、こんな場合でなければ、私はすぐに止めたでしょう。ふつうなら、我々はまったく安全です。書類はまったく安全ということです。扉は一つしかありませんし、あなたか私がいつもその前に坐っています。階段も一つしかありませんし、我々三人のほかには誰も使いません。もちろん、何の悪気《わるぎ》もなしにしたことかもしれませんから、無理に止めるのは、あまりにも不愉快かと思われたんです。でも……彼女はじつに綺麗な娘さんで、きっと良いお嬢さんなんでしょう。ところが、どういうわけか、彼女についてはたった一つの言葉だけが、私の心に浮かんで来ないんです——無邪気という言葉が」

「どういう娘さんなんだね?」とポンドはたずねた。

「その」バット氏は物憂げに言葉を探しながら、言った。「顔をこしらえたり、髪を染めたりすることの意味が昔と違うことは、誰だって承知しています。ちゃんとした女性でも、そうする人が大勢います。しかし、その——まったく初心《うぶ》な女性はやりません。彼女はまったく正直かもしれませんが、何かをしても良いかどうかは、はっきりわかっているような気がしたんです」

「もしアーサーと婚約したなら」ポンドはいつになく厳しい口調で言った。「彼がごく内密の仕事でここに来ているのを知っているはずだし、彼の名誉を守るために、我々と同じくらい気をつけるはずだ。どうやら、どんな姿形の女性か聞かせてもらわなければならないようだ」

「そうですね」とバットは言った。「非常にすらりとして、優雅で、あるいは……いや、やっぱり優雅という言葉がぴったりです。髪の毛はきれいな金髪です——じつにきれいな金髪で——じつにきれいな、切れ長の黒い眼をしているので、金色の鬘《かつら》をかぶったように見えます。頬骨が高いけれども、スコットランド人の娘のようではなく、それが頭蓋骨の形の一部みたいな感じがします。どういう意味でも歯が長くはありません[*6]が、歯はほんの少し前に出ています」

「アーサーはブザンソンでその娘と会ったのかね？　ベルフォールの近くで？」

「あなたがそうおっしゃるとは、じつに妙です」バットは哀れっぽく言った。「その通りなんです」

　ポンド氏は無言でこの報せを受け取った。

「アーサーが悪いんだと思わないでくださると良いんですが」バットはかすれ声で言った。

「私はどんなことをしてでも、彼の潔白を——」

　そう言いかけた時、雷のようなドスンという音がして、天井が震えた。それから、慌てて逃げる足音が聞こえ、やがてしんと静まり返った。ポンド氏の普段の歩き方を知っている者は、彼がその時やったように階段を飛び上がるのを信じられなかっただろう。

事務室の扉をバタンと開けると、見られるものがすべて見えた。見られるものというのは、アーサー・トラヴァースが手足を広げて、うつ伏せに床に倒れており、肩甲骨の間に奇妙な格好の剣が深々と刺さって、たいそう長い柄が突き立っている光景だった。バットは慌てて剣の柄をつかみ、仰天した。剣は死骸を突き通して、絨毯を敷いた床に深く食い込んでおり、よほどの大力を揮《ふる》わなければ、引き抜けなかったからだ。ポンドはすでに手首に触れて、筋肉の硬直をたしかめていたが、手を振って部下を退《さ》がらせた。

「残念だが、我々の友人は間違いなく死んでいる」彼はしっかりと言った。「そうなると、ちゃんとした調べができるまで、物に触らない方が良い」それから、おごそかにバットを見て、言い足した。

「彼の疑いを晴らすためなら、何でもすると言ったね。一つだけたしかなのは、疑いはすっかり晴れたということだ」

ポンドはそれから、秘密の抽斗《ひきだし》があり、港の秘密の図面がしまってある机に無言で歩み寄った。抽斗が空《から》なのを見ると、唇を固く結んだ。

＊6　原語「long in the tooth」には中年を過ぎた、の意がある。

ポンドは電話のところへ歩いて行って、六人ほどの違う人間に命令を出した。彼は二十ほどのことをしたが、四十五分間ほど口を利かなかった。狼狽《うろた》え、呆然としていたバットがもぐもぐとしゃべり始めたのも、そのくらい経ってからだった。

「私にはもう何が何だかわかりません。あの女はとうに帰りました。それに、あんなふうに床に釘づけにすることが、女にできるはずはありません」

「しかも、あんな異常な釘でね」ポンドはそう言って、また黙り込んだ。

実際、謎は強盗殺人犯が残して行ったただ一つの物――巨大で不格好な武器をめぐって、ますます深まったのである。犯人がそれを置いて行った理由は、推測に難くなかった。床から抜くのが容易でなかったため、ポンドが階段を駆け上がる音を聞くと、時間がないと諦めたのだろう。ともかく、窓からでも逃げる方が賢明だと思ったのだろう。しかし、武器そのものの性質に関して、何かを言うことは難しかった。まったく異常なものに見えたからだ。長さはクレイモア*7と同じくらいだったが、知られているいかなる剣の様式でもなかった。鍔《つば》も柄頭《つかがしら》もついていなかった。柄《つか》は刀身と同じくらい長く、刃は柄の倍の幅があった。少なくとも、刃のつけ根はそうで、そこから一種の直角三角形をなして剣先まで細くなっていたが、外側の端ないし三角形の斜辺だけが研《と》いであった。鉄とけばけばしい色に塗った木でできている、この無骨な武器を、ポンドは思いに沈む様子でじっと見入っていたが、やがて、彼の思いは道の向こうの店へ、ゆっくりと這い戻った。そこには見慣れぬ野蛮な武器が掛かっている。しかし、この剣はもう少しぞんざいで派手な様式のものに見えた。シラー＝レヴィ氏は当然ながら、そんなものは知らないと言ったが、どのみち、そう言うしかなかっただろう。しかし、それよりもずっと説得力があったのは、そうした蛮人の武器、あるいは東洋の武器に関する本当の権威たちも、そんなものは見たことがないと口を揃えて言ったことだった。

ほかの多くのことに関しては、闇は薄らぎ、寒々しい夜明けが見えて来た。気の毒なアーサーの怪しい婚約者は逃亡したことが確認され、行方不明の図面を持っている可能性が高かった。書類を盗んだり、人を刺し殺したりもできる女であることが、この頃には判明した。しかし、あの巨大な、重い、不格好な道具で人を刺し、床に釘づけにすることが女の力でできるかどうか疑問だったし、なぜあんな物を凶器に選んだのかはまったく想像もつかなかった。

「すべて明々白々になるんですがね」とバットが苦々しく言った。「あのうすでっかい、柄が長くて刃の短い剣みたいなもの以外は。あれはレヴィの店には置いてありませんでした。アジアにもアフリカにも、学者先生が教えてくれるどんな部族にも、あんな武器はありませんでした。あれこそ、この事件で残っている本当の謎です」

＊7　昔のスコットランドで用いられた両刃の剣。

ポンド氏は数時間か数日にわたる昏睡状態から、おもむろに醒めつつあるようだった。

「ああ、それが」と彼は言った。「そいつだけが、この件で私にわかりかけて来たことだよ」

これまでごく慎重に仄めかして来たつもりだが、ハートグ＝ハガード夫人の訪問に対するポンド氏の態度は、おそらく歓迎するというよりも、もっと消極的なものだった。雄鹿が冷たい流れを渇望するように待ち望んではおらず、彼にとってはむしろ熱湯に浸かるのに似ていた。夫人が最後に新しい苦情を言いに来た時、ポンド氏が興奮し、勝ち誇る様子で跳び上がったことは、それだけに記録に値する。愚か者の智恵について彼が抱いていた予感は正しかったのだ。その大勝利は本当に阿呆の大勝利だった。結局、ハートグ＝ハガード夫人は手がかりをくれたのである。

夫人は例によって黒い、ほとんど道化《どうけ》た姿で入口の足場を潜り、とび込んで来た。〝大義〟で頭が一杯になっている彼女は、ポンド氏の友人が殺されたなどという些細なことは完全に忘れていた。今は自分の女家庭教師を非難するという、元々の考えに戻っていた。言うことは以前と何も変わらなかったが、家庭教師を非難する理由だけは違った。夫人は以前、パントマイムにお伽話を用いるのはイギリスだけで、これもイギリスの立派な家庭の健全な無邪気さだと主張していたようだが、今は、あのドイツ女が子供をパントマイムに連れて行ったことを非難していた。それは子供たちの心をグリムの陰惨な物語と野蛮な森の恐怖で満たすための策略だというのである。

「あの人たちはそのために送り込まれたんですわ」夫人はかような場合に用いる、荒々しく、しかも内緒話のような声で繰り返した。「子供たちの神経と心を蝕《むしば》むために、ここへ送り込まれてきたんです。そんな悪鬼《おに》みたいなことが、ほかの国にできるでしょうか、ポンドさん？　あの女はいたいけな子供たちの心を、魔法使いだの魔法の猫だのという恐ろしい話で毒しているんです。そしてとうとう最悪のことが起こりました。そうなるのはわかっておりましたわ。でも——あなた方はそれを食い止めるために何もなさいませんでした。おかげで私の人生は滅茶滅茶です。うちの三人の女の子は怖がってキャアキャア言っていますし、息子は気が狂ってしまったんです」

ポンド氏が示した反応は、まだ主として疲労のそれだったので、夫人は同じことを吐き出すように言った。

「いいですか、ポンドさん、頭がおかしいんですのよ。恐ろしいドイツのお伽話に出て来るものが本当に見えるんです。大きなナイフを持った巨人が、月明かりの中で町を歩くのを見たと言っています……巨人ですよ、ポンドさん」

ポンド氏はよろよろと立ち上がり、この時ばかりは魚のように目をギョロつかせて、口をポカンと開《あ》いた。ハートグ＝ハガード夫人は荒々しい眼で彼を見ながら、途切れ途切れに叫んだ。「母親に慰めの言葉をかけてくださいませんの？」

ポンド氏は急に自分を抑えて、曖昧な慇懃さだけは何とか取り戻した。

「いいえ、マダム」と彼は言った。「お母さんには、これ以上ない慰めがありますよ。息子さんは狂っていません」

次にこの事件をめぐって協議した時、ポンド氏はもっと裁判官めいた、厳格とさえ言える顔つきをしていた。出席者はバット氏とサー・ヒューバート・ウォットン、それにこの地域随一の探偵であるグロート警部だった。

「要するに、こういうことなんです」ポンド氏は容赦なく言った。「あなた方は『長靴を履いた猫』の話を御存知ない。そのくせ、今は〝教育〟の時代だなどと世間では言うんですからな」

「知ってますよ。そいつは利口な猫や何かの話でしょう」バットが曖昧に言った。「猫が御主人様を助けて、いろいろな物を――」

警部が膝をハタと打ち、その音は事務室中に響き渡った。

「猫の泥棒！」と警部は叫んだ。「おっしゃりたいのは、それなんでしょう。戸口の足場はどうも怪しいと私も初めそう思ったのです。しかし、そこから窓へ登るには低すぎるし、小さすぎるのがすぐにわかりました。ですが、もちろん、もし利口な猫の泥棒がいるなら、つねにチャンスが――」

「失礼ですが」とポンド氏は言った。「猫泥棒が――いや、それを言うなら猫だけでなく、いかなる泥棒でも、庭で使う鋤《すき》よりも大きい巨大なナイフを背中に背負《しょ》うでしょうか？　巨人のナイフを持ち歩く者は巨人以外にいません。犯人は巨人なんです」

一同は目を丸くしてポンド氏を見つめたが、彼はやはり冷徹な非難の口調で語りつづけた。

「私が問題とし、遺憾《いかん》に思い、深刻な知的頽廃《たいはい》の兆候と認めるのは、『長靴を履いた猫』の物語に巨人が出て来るのを、みなさんが御存知ないらしいことです。この巨人は魔法使いでもありますが、絵やパントマイムの中では、つねに大きいナイフを持った人喰い鬼として描かれています。あのいかがわしい外国人の芸人、シニョール・アルベルト・ティッツィは桟橋でその役を演じていますが、非常に高い竹馬に乗り、非常に長いズボンでそれを隠すという通常の便法を用いています。しかし、時々ズボンなしで、竹馬に乗って歩きまわるのです。夜分、ほとんど人気《ひとけ》のない街路を散歩しましてね。とくにこの界隈では、大人に見られる可能性は少ない。我々の事務所とハートグ＝ハガード夫人の家を除いて、大きい家はみんな閉鎖されていますし、この事務所と夫人の家でも、踊り場の窓から街路が見えるだけです。夫人の小さい坊やは（たぶん寝巻を着ていたんでしょう）踊り場の窓から外を覗いて、本物の人喰い鬼を見ました。そいつは大きい血みどろのナイフを持ち、おそらく、大きい笑い顔の仮面をつけて、月下を堂々と歩いていました――子供時代の思い出としては、素敵な光景じゃありませんか。それ以外、貧しい家はみんな低い平家《ひらや》でしたし、人々が外を見たとしても、彼の脚、いや竹馬しか見えないでしょう。それに、たぶん外など見なかったでしょう。こういう港町にもとから住んでいる貧乏人は、田舎と同じ習慣で、たいてい早く寝てしまいます。しかし、万一見られたとしても、彼の計画にとって致命的ではなかったでしょう。彼はみんなが知っている芸人で、みんなが知っている役の扮装をしていましたし、竹馬に乗って歩きまわっても法律には触れません。本当に巧妙だったのは、竹馬を立たせておいて、そこから庇《ひさし》や、屋根や、二階のほかの部分によじ登るための方法です。彼は竹馬を我々の戸口の外に、小さな足場の柱の間に立てかけて、二階の窓から忍び込み、可哀想なトラヴァースを殺したんです」

「もし、それが確かなら」サー・ヒューバート・ウォットンは慌てて立ち上がると、叫んだ。「すぐに手を打たねばならんぞ！」

「すぐに手は打ってあります」ポンドは軽く嘆息をついて、こたえた。「今朝方、顔を白く塗った道化師が二、三人、竹馬に乗って浜を歩きまわりながら、パントマイムのちらしを配っていました。その一人は逮捕されて、シニョール・ティッツィであることがわかりました。有難いことに、図面もまだ持っていました」しかし、彼はまた嘆息をついた。

「なぜって、結局」ポンド氏はずっと後になってこの話を語りながら、言った。「秘密の図面を取り返すことはできたが、この事件は大勝利というよりも、悲劇だったからね。この悲劇で私が一番気に喰わないところは、皮肉だ――たしか悲劇的皮肉、あるいはギリシア人の皮肉と呼ばれているものだ。我々は椅子に坐って、二つの小さな棒の束の間から街路を見つめていた。それで、てっきり事務所への唯一の入口を守っていると信じ込んでいた。棒は一時足場として使っているのを知っていたから、数などかぞえなかった。ほかの木の柱に交じって、柱が二本よけいに立っていることに気づかなかった。その二本の柱の上に何があるか考えもしなかったし、パントマイムの巨人だなどとはそうそう思いつくわけもないからね。あいつの姿が見えれば良かったんだが――ただ」そういうと、ポンド氏は話を始めた時のように、言訳がましくちょっと笑って、しめくくった。「あいつは背が高すぎて、見えなかったんだよ」

解説

西崎　憲

本の解説に結論は要らないかもしれないし、「結びの論」を冒頭に記すのは体裁の点ではかんばしくはなく、少し迷うところではあるが、本書の解説はまず結論ありきのほうがいいように思う。

シャーロック・ホームズやエルキュール・ポワロと肩を並べる名探偵であるブラウン神父の産みの親ギルバート・キース・チェスタトンは、雑誌寄稿家であり、批評家であり、詩人であり、ライターズライターつまり作家に支持される作家であった。控えめに言って、文学的怪物のひとりである。そして本作『ポンド氏の逆説』はかれの短篇集としてはおそらく『ブラウン神父の童心』と肩を並べるほどの傑作である。ジャンルとしてはどちらもミステリに分けられるが、本作のほうがやや文学的な傾きは強い。いずれにせよ読書生活のどこかでかならず購入するはずの本であり、その時期がいまであっても少しも差し支えはない。ミステリあるいは海外文学を読みはじめて間もない読者も、相当に読みこんだ方も、等しく満足できるという稀《まれ》な短篇集なのである。

1　チェスタトンとは誰か？

ギルバート・キース・チェスタトン Gilbert Keith Chesterton は、一八七四年五月二九日にロンドンはケンジントン、カムデンヒルに生まれている。同年生まれの文学者としてはウィリアム・サマセット・モーム、フーゴ・フォン・ホーフマンスタール、ウィンストン・チャーチル、上田敏《うえだびん》などがいる。

幸福な少年時代を送った後、パブリックスクールのセントポールスクールに入学し、その後、ロンドン大学のカレッジのひとつスレード美術専門校に進む。挿絵画家を目指したのだが、結局学位は取得していない。

フランシス・ブロッグと一九〇一年に結婚。出版社勤務を経て一九〇二年に美術・文学の批評家として独立。

ブラウン神父シリーズ第一作「青い十字架」が発表されたのは一九一〇年七月二三日刊行の『サタディー・イヴニング・ポスト』紙だった（掲載時のタイトルは Valentin Follows a Curious Trail）。チェスタトンが三十六歳の時である。

チェスタトンは巨人であった。

これは比喩《ひゆ》ではない。かれは実際に巨大な体軀を具《そな》えていた。身長は一九三センチ、体重は一三〇キロ。

チェスタトンの体の大きさに関してはさまざまなことが言われている。ある時、かれは友人であり論戦相手であったジョージ・バーナード・ショーを揶揄《やゆ》した。「きみを見ただけで人はみんなイングランドが飢餓状態にあると考えるだろうな」機知の巧《たく》みさにおいていささかも劣るところのないショーは応じた。「きみを見ただけで人はみんなその原因がきみだって考えるだろう」

イングランドの著名なユーモア作家P・G・ウッドハウスは自作で大きな音を表現する際につぎのように記した。

しかしながらその瞬間、夏の午後の眠気を誘う沈黙は、完膚《かんぷ》無きまでに損なわれたのであるが、かれの張りつめた意識に響きわたったその音は、G・K・チェスタトンがトタン板の上に落ちたらそうもあろうかというやかましさであった。

どうやら生涯を通じて実務的なことに頓着しない性格だったようで、しばしば自分が向かう先を忘れて列車に乗り遅れたそうである。

ある時、妻のフランシスに「ぼくはいまどこにいればいいんだ」という文面の電報を送ったという噂もあって、自伝でチェスタトンはその噂をなかば認めている。フランシスのほうは電報に「home」と書いて返したそうで、彼女は日本ならばテレビドラマの主人公になるような魅力のある婦人で評伝もある。

チェスタトンは一九三六年六月一四日の朝に鬱血《うっけつ》性心不全で亡くなっている。六十二歳だった。あまりに巨大で重かったせいなのだろう。棺はドアから階段を通ってではなく、二階の窓から吊って下ろされた。

チェスタトンは巨人であった。

こんどは比喩である。つまり文学者としてそうだったのだ。

チェスタトンの生きた時代は、印刷技術、雑誌、流通などの諸要素が成熟に向かい、イギリスの文壇が活況を呈した時代。あるいはイギリスの文学、小説がもっとも幸福だった時代かもしれない。ヴィクトリア朝文学そして一九世紀末のロマン主義的思潮と、モダニズムに挟まれた時代である。チェスタトンはその時代を鯨のように悠然と泳いで渡った。

なした仕事も多い。八十冊ほどの本を刊行し、エッセイの数は四千とも言われている。

劇作家ジョージ・バーナード・ショー、SFの鼻祖《びそ》ハーバート・ジョージ・ウェルズなどとしきりに議論を交わした。いずれもチェスタトン同様巨人のごとき文学者であって、この時代は巨人の時代でもあった。

チェスタトンの発想の独創性、機知の鋭利さ、警抜さは文学史上でも類を見ない。それはおそろしいことに現代の視点で見ても何ら変わるところはなく、かれの発想法を自家薬籠中のものとした者は、文学や小説のみならず、実用的なジャンルにおいても、ひとかどの人物になれるのではないだろうか。

そしてその発想の中核にあると言われるものは本書のタイトルにもなっている「逆説」である。

原語はparadoxで、逆説以外に逆理、背理《はいり》などの訳語があてられる。数学や論理学、哲学で用いられる語であるが、チェスタトンの逆説に関して言えば、詩の作法や原理から導きだされたもののように見える。ロートレアモンやシュールレアリスムが証するように、相反するもの、遠いもの、突飛なものを結びつけるのは詩ではお馴染《なじ》みの手法である。そうした意味合いにおいてチェスタトンはまず詩人であったのかもしれない。

思想的には大きく言えば、ヒューマニズム的な傾きを持った人間と言えるだろう。保守と言えば保守なのだが、そういうふうに単純には形容できないところがある。死後に刊行された自伝には青年時代に弟とともにオカルティズムに傾倒したことが書かれている。作品にはオカルト的なものは直接的には出てこないが、神秘主義的傾向は明白ではないかと思う。

四十代後半になってカトリックに改宗している。

2 『ポンド氏の逆説』

『ポンド氏の逆説 *The Paradoxes of Mr. Pond*』はイギリスでは死の翌年一九三六年にカッセル・アンド・カンパニーから刊行された。アメリカ版が現れたのは翌年で、版元はドッド・ミード・アンド・カンパニーである。

収録されたうちの七篇はカッセル・アンド・カンパニーの雑誌『ストーリーテラー Storyteller』誌に掲載された。同誌はパルプマガジンだが、リアリズム的なものから空想的なものまで掲載作の幅は広かった。寄稿者はキャサリン・マンスフィールド、キプリング、ウェルズ、マージョリー・ボウエン、ウィリアム・ホープ・ホジスン、サックス・ローマー、オリヴァー・オニオンズなど。「名前を出せぬ男」はアメリカの『コリアズ・ウィークリー Collier's Weekly』誌に掲載された。

本書には読みどころがたくさんある。

まず、この連作は相棒《バディー》ものである。

探偵小説でしばしば目にするこの形式を最初に使ったのはいったい誰なのだろう。

もっとも目立つのは言うまでもなくコナン・ドイルが創出したホームズとワトソンのコンビである。二人の初登場は一八八七年の『緋色の研究』で、それより前のバディーものについては以前から興味をもって調べているのだが、嚆矢《こうし》として有力なのは、『新アラビア夜話 *New Arabian Nights*』あたりではないだろうか。ロバート・ルイス・スティーヴンスンは大変影響力のある作家だったし、同作に登場するフロリゼル王子と腹心のジェラルディーン大佐のコンビはいま見ても魅力的である。二人が登場する連作は『ロンドン・マガジン London Magazine』に一八七七年から一八八〇年にかけて掲載された。

探偵小説がなぜバディーものという形式を好むかということについては、おそらく基本的にそれが語り《ナラティヴ》だからだろう。

語り手には聴き手が存在しなくてはならない。それも良き聴き手が必要なのだ。語り手の語りの力を補強する聴き手が。

また探偵小説が一般に「解」を重要視することも関係があるかもしれない。一般的な探偵小説において聴き手は語り手の解を作品内で保証する役割を負うことが多い（そして探偵小説は自己言及的にそうした仕組みを利用するようになっていく）。

語り手聴き手という分け方はもちろん二項対立である。ひとつの二項対立はべつの二項対立を呼ぶ。かくしてバディーものは極端と極端の組合せになることが少なくない。「小男と大男」「若年と壮年」「派手と地味」……。

『ポンド氏の逆説』に話を戻そう。ポンドの相棒はガヘガンであるが、お気づきのように、相棒的な人物がもうひとりいる。役人ウォットンである。だから、この作品は厳密に言えば、バディーものからさらに一歩踏みだした趣向であるとも言える。二人から三人への拡張。

人数が増えるということが意味するのは何だろうか。

探偵小説の歴史において、探偵側の人数が一気に増えた時期があった。警察小説が現れた時である。もしかしたら相棒的な存在が増えれば解の確実さがあがるということなのだろうか。

ほかのジャンルの近年の傾向を見ると、主人公側の人数がどんどん増えていることに気づく。コミック、映画、音楽などでグループ化、ユニット化、群像化が目立つ。そのような傾向は興味深いのだが、やや不安にも思われる。この事実が意味するのは個人ではもうできることはあまりないという事実なのだろうか。

チェスタトンの作品にはかならずと言っていいほど風景描写が現れる。それもただのストーリーの都合上の風景描写ではない。あまりに不穏で濃密で、読み飛ばすことの難しい密度を持っているのだ。本作でもそうした風景描写は顕在である。

チェスタトンの風景描写は筆者にとって長いあいだ謎だった。今回もあらためて考えてみたが、チェスタトンの執着にたいして、解答のようなものを見出すことはできなかった。ただ、チェスタトンが「絵」というもの、視覚的なものに執着があったことはたしかだろう。なにしろスレード美術専門校に進んだくらいであるし、一八世紀生まれの謎めいた詩人画家ウィリアム・ブレイクの評伝を著してもいるのだから。

また描写が神秘主義あるいは象徴主義的なものに繋がっていることもおそらく確実だろう。

たとえば以下の記述はどうだろう。ポンド氏が「私」に与えた印象である（この「私」はなぜか以後目立たなくなる）。

彼はそんな時、梟《ふくろう》のようにじっと正面を見据えて、鬚を引っ張るのだったが、その結果、口も引っ張られて開《あ》くという可笑《おか》しなことになった――まるで、針金のかわりに鬚がついている人形の口のようだった。時折口を開いたり閉じたりするが何も言わないという、この妙な癖は、魚がゆっくり大口を開いたり、水を呑《の》み込んだりするさまに、驚くほど良く似ていた。

この描写は異様というほどではないが、では一般的かというと素直に肯《うなず》けないところもある。ともあれ、ここにはさまざまな比喩がある。ポンド氏は梟のようであるし、口が開閉されるようすは人形を思わせる。また魚も連想させる。

ポンド氏が魚に似ているという描写はほかにも現れる。ポンド氏はなぜ魚に似ていないといけないのだろうか。

そのような疑問にもちろん正解は存在しない。しかし憶測はいつでも可能であって、時には読者の権利でもある。こういう解釈はどうだろう。

魚はイエス・キリストの象徴である。ポンド氏はイエス・キリストなのである。

魚がキリストを象徴しているということについてはインターネットに証拠が溢れているが、しかしこれほど単純なやりかたで見返りを期待することはたぶんできないだろう。読者の権利であるとは言え、こんな単純なことでは作品の価値を下げてしまう可能性さえある。象徴があると仮定して関連を見つけだす作業は想像以上に難しいのである。そもそも関連だけなら幾らでも見つかるものなのだ。たとえばこういうふうに。

サー・ヒューバート・ウォットンの名前は一六世紀生まれの詩人・外交官サー・ヘンリー・ウォットンを容易に連想させる。こちらのウォットンは『釣魚大全』を著したあのアイザック・ウォルトンの釣友《ちょうゆう》であり、二人は連れだって、テムズ河のブラックポッツという小島で釣りをした。ポンド氏が魚に似ているのはそのためである。

残念ながら、直感では神秘主義、ウィリアム・ブレイクとの結びつきは強く感じるものの、現段階で確言できることは何もないようである。

3 作品

簡単に収録作品にも触れておこう。

「黙示録の三人の騎者 The Three Horsemen of Apocalypse」は『ストーリーテラー』誌の一九三五年六月号に掲載された。時代の設定がかなり曖昧であるが、プロシアとポーランドの描写のあたりから判断すると第一次世界大戦の頃だろうか。だとすると、刊行年より二十年ほど前のことになる。

タイトルはもちろん聖書の「黙示録の四騎士」からきている。荒野で繰り広げられる追跡や射撃の場面は絵画的である。

ホルへ・ルイス・ボルへスは、チェスタトンの作品をスペイン語に多く訳しているが、『十三人の探偵 *Thirteen Detectives*』(一九八七年、ドッド・ミード・アンド・カンパニー)に収録されているメアリー・スミス Marie Smith の序文によれば、この作品がチェスタトンのベストと考えているとのことである。

チェスタトンは自伝でポーランド旅行のことに触れており、好印象をいだいたと記されている。

「ガへガン大尉の罪 The Crime of Captain Gahagan」は同誌一九三六年六月号掲載。

ガへガンはアイルランド人という設定であるが、重要な登場人物をアイルランド人に設定することには小さくない意味合いがあったのではないかと思う。イングランドとアイルランドの関係は複雑であって、第一次大戦後も民族主義を標榜するシン・フェイン党によって、イングランド人の警官や士官が殺害されたりしている。

「博士の意見が一致する時 When Doctors Agree」同誌一九三五年十一月号掲載。

チェスタトンの作品にはひじょうに賢明な者がしばしば登場するが、かれらは同時に自身の賢明さのせいで自縄自縛《じじょうじばく》の状態にあることも多い。チェスタトンの主題のひとつということになるかもしれない。

「ポンドのパンタルーン Pond the Pantaloon」は同誌一九三六年九月号掲載。

タイトルを見て分かるように、チェスタトンは頭韻《アリタレーション》を多く用いた。

幾つかのエピソードが入れ子を思わせるように配置されたこの作品は映像的にも見事で、解決も目がさめるような鮮やかさである。この作品を輯《しゅう》中の第一に推す読者がいることも想像される。

クリスマスのパントマイムはブラウン神父シリーズの「飛ぶ星」でも採りあげられてい

て、そちらもまた素晴らしい仕上がり振りである。

「名前を出せぬ男 The Unmentionable Man」は『コリアズ・ウィークリー』一九三五年四月号掲載である。

王権や国家を題材にした哲学ファンタジーということになるだろう。こうした観念的な題材を扱う時、チェスタトンは無類の力をふるうようにも思われる。中篇「忠義な反逆者」などとあわせて読むと興味深いだろう。

「恋人たちの指輪 Ring of Lovers」は『ストーリーテラー』一九三五年一二月号掲載。構成がひじょうに巧みで、演劇的な印象である。怪しげな人物を創造する筆致は心なしか楽しげである。

「恐ろしき色男 The Terrible Troubadour」は同誌一九三六年八月号掲載。ミステリとしてはお馴染みの主題かもしれない。ダーウィンが欧米の作家の想像力に与えた影響の大きさについて考えさせられる。

「高すぎる話 A Tall Story」同誌一九三六年二月号掲載。

輯中でもっとも人を食った話である。Tall Story にはそのまま「法螺話」という意味がある。これほど突拍子のないものはやはり図抜けた想像力がないと書けないのではないだろうか。

4 立ち止まるG・K・C

『異端者たち *Heretics*』のなかでチェスタトンは以下のように述べている。

「スティーヴンスンは生の要諦は笑いと謙虚さのうちにあることを発見した」

この言葉がもしかしたらチェスタトンの小説の特徴の半ばを表しているかもしれない。かれはたしかに謙虚にどこかで立ち止まった。

しかし、筆者はチェスタトンが踏みとどまることを決めた時に見た眺めを想像する。その眺めは独特の描写から垣間見えるように奇怪で異様で宗教的で、たとえばブリューゲルの描いたような世界に似ているのではないだろうか。

チェスタトンはたぶん不気味な方向に向かうこともできたし、穏当なほうにも行くことができた。また観念的な宗教小説などを物することもできただろう。しかしチェスタトンはチェスタトンであることに踏みとどまった。

だったらそれでいいだろう。我々はそこに高く広い足場を見出す。チェスタトンが立ち止まったところからは多くのものが見えるはずである。

本書は一九三六年刊の CASSELL 版を底本に翻訳刊行した。

訳者紹介　1958年東京に生まれる。東京大学大学院英文科博士課程中退。著書に「怪奇三昧」他、訳書にウェイクフィールド他「怪談の悦び」、ジェイムズ「ねじの回転」、ブラックウッド「人間和声」、「秘書綺譚」、マッケン「白魔」、チェスタトン「詩人と狂人たち」他多数。

検印
廃止

ポンド氏の逆説

2017年10月31日　初版
2024年10月11日　再版

著者　G・K・チェスタトン

訳者　南《なん》　條《じょう》　竹《たけ》　則《のり》

発行所　(株)東京創元社
代表者　渋谷健太郎

162-0814/東京都新宿区新小川町1-5
電話　03・3268・8231-営業部
03・3268・8204-編集部
URL　http://www.tsogen.co.jp
精興社・本間製本

ISBN978-4-488-11018-5　C0197